Adalbert Stifter wurde am 23. Oktober 1805 in Oberplan (Böhmerwald) geboren. Er kam als Sohn eines Leinewebers und Flachshändlers aus einfachen Verhältnissen. Da der Vater tödlich verunglückte, als Stifter zwölf Jahre alt war, kümmerten sich die Großeltern um die Erziehung des Kindes. Stifter besuchte von 1818 bis 1826 das Gymnasium und studierte anschließend bis 1830 in Wien, zunächst Jura, dann Naturwissenschaften und Geschichte. Eine Abschlussprüfung machte Stifter allerdings nicht. Stattdessen wollte er Landschaftsmaler werden und verdiente seinen Lebensunterhalt zunächst als Privatlehrer. 1848 zog Stifter nach Linz und lebte dort als Schulrat und Inspektor. Die letzten Lebensjahre waren von Krankheit und Depression geprägt. Stifter starb am 28. Januar 1868.

»Abdias« (1843) machte Stifter einer breiteren Öffentlichkeit bekannt und hat zu zahlreichen Interpretationen geführt. Beeindruckend ist vor allem der kühle, sachliche Ton, in dem die unglückliche, von schweren Schicksalsschlägen geprägte Geschichte des Kaufmanns Abdias erzählt wird.

In der Weihnachtsgeschichte »Bergkristall« (1845) wendet sich das Schicksal am Ende zum Guten: Die beiden im eisigen Hochgebirge verirrten Kinder Konrad und Sanna werden doch noch wiedergefunden, und während sie vorher als Außenseiter behandelt wurden, werden sie nach der Rettung zusammen mit ihrer Mutter endlich in die Dorfgemeinschaft integriert.

Unsere Adresse im Internet: www.fischerverlage.de

ADALBERT STIFTER

Abdias

Bergkristall

Zwei Erzählungen

Fischer Taschenbuch Verlag

Limitierte Sonderausgabe
Veröffentlicht im Fischer Taschenbuch Verlag,
einem Unternehmen der S. Fischer Verlag GmbH,
Frankfurt am Main, Oktober 2005

Umschlaggestaltung: Manfred Walch
Satz: Fotosatz Otto Gutfreund GmbH, Darmstadt
Druck und Bindung: Clausen & Bosse, Leck
Printed in Germany
ISBN 3-596-50947-5

ABDIAS

1. Esther

Es gibt Menschen, auf welche eine solche Reihe Ungemach aus heiterm Himmel fällt, daß sie endlich da stehen und das hagelnde Gewitter über sich ergehen lassen: so wie es auch andere gibt, die das Glück mit solchem ausgesuchten Eigensinne heimsucht, daß es scheint, als kehrten sich in einem gegebenen Falle die Naturgesetze um, damit es nur zu ihrem Heile ausschlage.

Auf diesem Wege sind die Alten zu dem Begriffe des Fatums gekommen, wir zu dem milderen des Schicksals.

Aber es liegt auch wirklich etwas Schauderndes in der gelassenen Unschuld, womit die Naturgesetze wirken, daß uns ist, als lange ein unsichtbarer Arm aus der Wolke, und tue vor unsern Augen das Unbegreifliche. Denn heute kömmt mit derselben holden Miene Segen, und morgen geschieht das Entsetzliche. Und ist beides aus, dann ist in der Natur die Unbefangenheit, wie früher.

Dort, zum Beispiele, wallt ein Strom in schönem Silberspiegel, es fällt ein Knabe hinein, das Wasser kräuselt sich lieblich um seine Locken, er versinkt – und wieder nach einem Weilchen wallt der Silberspiegel, wie vorher. – – Dort reitet der Beduine zwischen der dunklen Wolke seines Himmels und dem gelben Sande seiner Wüste: da springt ein leichter glänzender Funke auf sein Haupt, er fühlt durch seine Nerven ein unbekanntes Rieseln, hört noch trunken den Wolkendonner in seine Ohren, und dann auf ewig nichts mehr.

Dieses war den Alten Fatum, furchtbar letzter starrer Grund des Geschehenden, über den man nicht hinaussieht, und jenseits dessen auch nichts mehr ist, so daß ihm selber die Götter unterworfen sind: uns ist es Schicksal, also ein von einer höhern Macht Gesendetes, das wir empfangen sollen. Der Starke unterwirft sich auch ergeben, der Schwache stürmt mit Klagen darwider, und der Gemeine staunt dumpf, wenn das Ungeheure geschieht, oder er wird wahnwitzig und begeht Frevel.

Aber eigentlich mag es weder ein Fatum geben, als letzte Unvernunft des Seins, noch auch wird das einzelne auf uns gesendet; sondern eine heitre Blumenkette hängt durch die Unendlichkeit des Alls und sendet ihren Schimmer in die Herzen – die Kette der Ursachen und Wirkungen – und in das Haupt des Menschen ward die schönste dieser Blumen geworfen, die Vernunft, das Auge der Seele, die Kette daran anzuknüpfen, und an ihr Blume um Blume, Glied um Glied hinabzuzählen bis zuletzt zu jener Hand, in der das Ende ruht. Und haben wir dereinstens recht gezählt, und können wir die Zählung überschauen:

dann wird für uns kein Zufall mehr erscheinen, sondern Folgen, kein Unglück mehr, sondern nur Verschulden; denn die Lücken, die jetzt sind, erzeugen das Unerwartete, und der Mißbrauch das Unglückselige. Wohl zählt nun das menschliche Geschlecht schon aus einem Jahrtausende in das andere, aber von der großen Kette der Blumen sind nur erst einzelne Blätter aufgedeckt, noch fließt das Geschehen wie ein heiliges Rätsel an uns vorbei, noch zieht der Schmerz im Menschenherzen aus und ein – – ob er aber nicht zuletzt selber eine Blume in jener Kette ist? wer kann das ergründen? Wenn dann einer sagt, warum denn die Kette so groß ist, daß wir in Jahrtausenden erst einige Blätter aufgedeckt haben, die da duften, so antworten wir: So unermeßlich ist der Vorrat darum, damit ein jedes der kommenden Geschlechter etwas finden könne, – das kleine Aufgefundne ist schon ein großer herrlicher Reichtum, und immer größer immer herrlicher wird der Reichtum, je mehr da kommen, welche leben und enthüllen – und was noch erst die Woge aller Zukunft birgt, davon können wir wohl kaum das Tausendstel des Tausendstels ahnen. – – Wir wollen nicht weiter grübeln, wie es sei in diesen Dingen, sondern schlechthin von einem Manne erzählen, an dem sich manches davon darstellte, und von dem es ungewiß ist, ob sein Schicksal ein seltsameres Ding sei, oder sein Herz. Auf jeden Fall wird man durch Lebenswege wie der seine zur

Frage angeregt: »warum nun dieses?« und man wird in ein düsteres Grübeln hineingelockt über Vorsicht, Schicksal und letzten Grund aller Dinge.

Es ist der Jude Abdias, von dem ich erzählen will.

Wer vielleicht von ihm gehört hat, oder wer etwa gar noch die neunzigjährige gebückte Gestalt einst vor dem weißen Häuschen hat sitzen gesehen, sende ihm kein bitteres Gefühl nach – weder Fluch, noch Segen, er hat beides in seinem Leben reichlich geerntet – sondern er halte sich in diesen Zeilen noch einmal sein Bild vor die Augen. Und auch derjenige, der nie etwas von diesem Manne gehört hat, folge uns, wenn es ihm gefällt, bis zu Ende, da wir sein Wesen einfach aufzustellen versucht haben, und dann urteile er über den Juden Abdias, wie es ihm sein Herz nur immer eingibt.

Tief in den Wüsten innerhalb des Atlasses steht eine alte, aus der Geschichte verlorene Römerstadt. Sie ist nach und nach zusammengefallen, hat seit Jahrhunderten keinen Namen mehr, wie lange sie schon keine Bewohner hat, weiß man nicht mehr, der Europäer zeichnete sie bis auf die neueste Zeit nicht auf seine Karten, weil er von ihr nichts ahnete, und der Berber, wenn er auf seinem schnellen Rosse vorüberjagte, und das hängende Gemäuer stehen sah, dachte entweder gar nicht an dasselbe und an dessen Zweck, oder er fertigte die Unheimlichkeit seines Gemütes mit ein paar abergläubischen Gedanken ab, bis das letzte Mauerstück aus seinem Gesichte, und der letzte Ton der Schakale, die darin hausen, aus seinem Ohre entschwunden war. Dann ritt er fröhlich weiter, und es umgab ihn nichts, als das einsame, bekannte, schöne, liebgewordene Bild der Wüste. Dennoch lebten außer den Schakalen, der ganzen übrigen Welt unbekannt, auch noch andere Bewohner in den Ruinen. Es waren Kinder jenes Geschlechtes, welches das ausschließendste der Welt, starr bloß auf einen einzigsten Punkt derselben hinweisend, doch in alle Länder der Menschen zerstreut ist, und von dem großen Meere gleichsam auch einige Tropfen in diese Abgelegenheit hinein verspritzt hatte. Düstre, schwarze, schmutzige Juden gingen wie Schatten in den Trümmern herum, gingen drinnen aus und ein, und wohnten drinnen mit dem Schakal, den sie manchmal fütterten. Es wußte niemand von ihnen, außer die anderen Glaubensbrüder, die draußen wohnten. Sie handelten mit Gold und Silber und mit andern Dingen von dem Lande Ägypten herüber auch mit verpesteten Lappen und Wollenzeugen, davon sie sich wohl selber zuweilen die Pest brachten und daran verschmachteten – aber der Sohn nahm dann mit Ergebung und Geduld den Stab seines Vaters, und wanderte und tat, wie dieser getan, harrend, was das Schicksal über ihn verhängen möge. Ward einmal einer von einem Kabylen erschlagen, und beraubt, so heulte der ganze Stamm, der in dem wüsten weiten Lande zerstreut war – und dann war es vorüber und vergessen, bis man etwa nach langer Zeit auch den Kabylen irgendwo erschlagen fand.

So war dies Volk, und von ihm stammte Abdias her.

Durch einen römischen Triumphbogen hindurch an zwei Stämmen verdorrter Palmen vorbei gelangte man zu einem Mauerklumpen, dessen Zweck nicht mehr zu erkennen war – jetzt war es die Wohnung Arons, des Vaters des Abdias. Oben gingen Trümmer einer Wasserleitung darüber, unten lagen Stücke, die man gar nicht mehr erkannte, und man mußte sie übersteigen, um zu dem Loche in der Mauer zu gelangen, durch welches man in die Wohnung Arons hineinkonnte. Innerhalb des ausgebrochenen Loches führten Stufen hinab, die Simse einer dorischen Ordnung waren, und in unbekannter Zeit aus unbekanntem zerstörenden Zufalle hierher gefunden hatten. Sie führten zu einer weitläufigen Wohnung hinunter, wie man sie unter dem Mauerklumpen und dem Schutte von außen nicht vermutet hätte. Es war eine Stube mit mehreren jener kleinen Gemächer umgeben, wie sie die Römer geliebt hatten, auf dem Boden aber war kein Estrich, oder Getäfel, oder Pflaster, oder Mosaik, sondern die nackte Erde, an den Wänden waren keine Gemälde oder Verzierungen, sondern die römischen Backsteine sahen heraus, und überall waren die vielen Päcke und Ballen und Krämereien verbreitet, daß man sah, mit welchen schlechten und mannigfaltigen Dingen der Jude Aron Handel trieb. Vorzüglich aber waren es Kleider und gerissene Lappen, die herabhingen, und die alle Farben und alle Alter hatten, und den Staub fast aller Länder von Afrika in sich trugen. Zum Sitzen und Lehnen waren Haufen alter Stoffe. Der Tisch und die andern Geräte waren Steine, die man aus der alten Stadt zusammengetragen hatte. Hinter einem herabhängenden Busche von gelben und grauen Kaftanen war ein Loch in der Mauer, welches viel kleiner war, als das, welches die Stelle der Tür vertrat, und aus dem Finsternis heraussah, wie aus einer Grube im Schutte. Man meinte nicht, daß man da hineingehen könne. Wenn man sich aber gleichwohl bückte und hindurchkroch, und wenn man den krummen Gang zurückgelegt hatte, der da folgte, so kam man wieder in ein Zimmer, um das mehrere andere waren. Auf dem Fußboden lag ein Teppich aus Persien und in den andern waren ähnliche oder gleiche, an den Wänden und in Nischen waren Polster, darüber Vorhänge, und daneben Tische von feinem Steine und Schalen und ein Bad. Hier saß Esther, Arons Weib. Ihr Leib ruhete auf dem Seidengewebe von Damaskus, und ihre Wange und ihre Schultern wurden geschmeichelt von dem weichsten und glühendsten aller Zeuge, dem gewebten Märchen aus Kaschemir, so wie es auch die Sultana in Stambul hat. Um sie waren ein paar Zofen, die schöne Tücher um die klugen schönen Stirnen hatten, und Perlen auf dem Busen trugen. Hieher trug Aron alles zusammen, was gut und den armen Sterblichen schmeichelnd und wohltätig erscheint. Der Schmuck war auf den Tischen herumgelegt und auf den Wänden zerstreut. Das Licht sandten von oben herab mit Myrten verrankte Fenster, die manchmal der gelbe Wüstensand verschüttete, – aber wenn es Abend wurde und die Lampen brannten, dann glitzerte alles und funkelte und war hell und strahlenreich. Das größte Kleinod Arons außer dem Weibe Esther war ihr Sohn, ein Knabe, der auf dem Teppiche spielte, ein Knabe mit schwarzen rollenden Augenkugeln und mit der ganzen morgenländischen Schönheit seines Stammes ausgerüstet. Dieser Knabe war Abdias, der Jude, von dem ich erzählen wollte, jetzt eine weiche Blume, aus Esthers Busen hervorgeblüht. Aron war der reichste in der alten Römerstadt. Dies wußten die andern, die noch mit ihm da wohnten, sehr gut, da sie oft Genossen seiner Freuden waren, so wie er von ihnen auch alles wußte: aber nie ist ein Beispiel erhört worden, daß es der vorüberjagende Beduine erfuhr, oder der träge Bei im Harem: sondern über der toten Stadt hing schweigend das düstere Geheimnis, als würde nie ein anderer Ton in ihr gehört, als das Wehen des Windes, der sie mit Sand füllte, oder der kurze heiße Schrei des Raubtieres, wenn die glühende Mondesscheibe ober ihr stand, und auf sie niederschien. Die Juden handelten unter den Stämmen herum, man ließ sie und fragte nicht viel um ihren Wohnort – und wenn einer ihrer andern Mitbewohner, ein Schakal, hinauskam, so ward er erschlagen und in einen Graben geworfen. Auf seine zwei höchsten Güter häufte Aron alles, wovon er meinte, daß es ihnen gut sein könnte. – Und wenn er draußen gewesen war, wenn er geschlagen und von Wohnort zu Wohnort gestoßen worden war, und wenn er nun heimkam, und genoß, was die alten Könige des Volkes, vornehmlich jener Salomo, als die Freude des Lebens hielten, so empfand er eine recht schauerliche Wollust. – Und wenn ihm auch zuweilen war, als gäbe es noch andere Seligkeiten, die im Herzen sind, so meinte er, es sei ein Schmerz, den man fliehen müsse, und er floh ihn auch, nur daß er dachte, er wolle den Knaben Abdias eines Tages auf ein Kamel setzen und ihn nach Kahira zu einem Arzte bringen, daß er weise würde, wie es die alten Propheten und Führer seines Geschlechtes gewesen. Aber auch aus dem ist wieder nichts geworden, weil es in Vergessenheit geraten war. Der Knabe hatte also gar nichts, als daß er oft oben auf dem Schutte stand, und den weiten ungeheuren Himmel, den er sah, für den Mantelsaum Jehovas hielt, der einstens sogar auf der Welt gewesen war, um sie zu erschaffen, und sich ein Volk zu wählen, mit dem er aß, und mit dem er umging zur Freude seines Herzens. Aber Esther rief ihn wieder hinab, und legte ihm ein braunes Kleidchen an, dann ein gelbes, und wieder ein braunes. Sie legte ihm auch einen Schmuck an, und ließ die Schönheit der Perle um seine dunkle feine Haut dämmern, oder das Feuer des Demanten daneben funkeln – sie legte ein Band um seine Stirne, streichelte seine Haare, oder rieb die Gliedlein und das Angesicht mit weichen, feinen, wollenen Lappen – öfters kleideten sie ihn als Mädchen an, oder die Mutter salbte seine Augenbraunen, daß sie recht feine schwarze Linien über den glänzenden Augen waren, und hielt ihm den silbernen gefaßten Spiegel vor, daß er sich sähe. –

Nachdem die Jahre, eines nach dem andern vergangen waren, führte ihn der Vater Aron eines Tages hinaus in die vordere Stube, legte ihm einen zerrissenen Kaftan an, und sagte: »Sohn, Abdias, gehe nun in die Welt, und da der Mensch auf der Welt nichts hat, als was er sich erwirbt, und was er sich in jedem Augenblicke wieder erwerben kann, und da uns nichts sicher macht, als diese Fähigkeit des Erwerbens: so gehe hin und lerne es. Hier gebe ich dir ein Kamel und eine Goldmünze, und bis du nicht selber so viel erworben hast, davon ein einzelner Mensch sein Leben hinbringen kann, gebe ich dir nichts mehr, und wenn du ein untauglicher Mann wirst, so gebe ich dir auch nach meinem Tode nichts. Wenn du es tun willst, und nicht zu weit entfernt bist, so kannst du mich und deine Mutter in Zeiten besuchen – und wenn du so viel hast, davon ein Mensch leben kann, so komme zurück, ich gebe dir dazu, daß ein zweiter und mehrere andere auch zu leben vermögen, du kannst ein Weib bringen, und wir suchen euch in unserer Höhle noch einen Raum zu machen, darinnen zu wohnen und zu genießen was euch Jehova sendet. Jetzt, Sohn Abdias, sei gesegnet, gehe hin und verrate nichts von dem Neste, in dem du aufgeätzet worden bist.«

So hatte Aron gesprochen, und den Sohn hinausgeführt zu den Palmen, wo das Kamel lag. Dann segnete er ihn, und tastete mit seinen Händen auf dem lockigen Scheitel seines Hauptes. Esther lag drinnen auf dem Teppiche, schluchzte, und schlug mit den Händen den Boden. Abdias aber, da nun der Segen vorüber war, setzte sich auf das vor ihm liegende Kamel, das sich, sobald es seine Last spürte, aufrichtete, und den Jüngling in die Höhe hob, und wie dieser das Fächeln der fremden wie aus der Ferne kommenden Luft empfand, so sah er noch einmal den Vater an, und ritt dann gehorsam von dannen.

Von nun an ertrug Abdias das Peitschen des Regens und Hagels in seinem Angesichte – er zog Land aus, Land ein, über Wasser und Ströme, aus einer Zeit in die andere – er kannte keine Sprache, und lernte sie alle, er hatte kein Geld, und erwarb sich dasselbe, um es in Klüften, die er wiederfand, zu verstecken, er hatte keine Wissenschaft, und konnte nichts, als, wenn er auf seinem hagern Kamele saß, die feurigen Augen in die große ungeheure Leere um sich richten und sinnen, er lebte sehr dürftig, daß er oft nichts anders hatte, als eine Handvoll trockner Datteln, und doch war er so schön, wie einer jener himmlischen Boten gewesen ist, die einstens so oft in seinem Volke erschienen sind. So hat auch einmal jener Mohamed, wenn er tagelang, wochenlang allein war bloß mit seinem Tiere in dem weiten Sande, die Gedanken gesonnen, die dann eine Flamme wurden und über den Erdkreis fegten. Sonst war Abdias ein Ding, das der blödeste Türke mit dem Fuße stoßen zu dürfen glaubte, und stieß. Er war hart und unerbittlich, wo es seinen Vorteil galt, er war hämisch gegen die Moslims und Christen – und wenn er des Nachts sich mitten in der Karawane auf den gelben Sand streckte, so legte er recht sanft sein Haupt auf den Hals seines Kameles und wenn er im Schlummer und Traume sein Schnaufen hörte, so war es ihm gut und freundlich, und wenn es irgendwo wund gedrückt wurde, versagte er sich das liebliche Wasser, wusch damit die kranke Stelle, und bestrich sie mit Balsam.

Über die Stätte war er gewandelt, wo die alte Handelskönigin Karthago gestanden war, den Nil hatte er gesehen, über den Euphrat und Tigris war er gegangen, aus dem Ganges hatte er getrunken – er hatte gedarbt und gewuchert, zusammengerafft und gehütet – er hatte seine Eltern nicht ein einziges Mal besucht, weil er immer so weit weg gewesen war – – und nachdem fünfzehn Jahre vergangen waren, kam er wieder zum ersten Male in die verschollene Römerstadt. Er kam in der Nacht, er kam zu Fuße, weil man ihm sein Kamel geraubt hatte, er war in ganz zerrissene Kleider gehüllt, und trug Stücke eines Pferdeaases in der Hand, um davon den Schakalen zuzuwerfen, daß er sie von seinem Leibe hielte. Auf diese Weise gelangte er zu dem römischen Triumphbogen und zu den zwei alten Palmenstämmen, die noch immer dastanden, und in der Nacht schwarze Linien in den Himmel zogen. Er pochte an die aus Rohr geflochtene Tür, die dreifach vor dem Mauerloche war, das den Eingang bildete, er rief und nannte seinen Namen und den seines Vaters – und er mußte lange warten, bis ihn jemand hörte und den alten Juden weckte. Es standen alle in dem Hause auf, als sie hörten, wer gekommen sei, und Aron, als er durch die Tür mit ihm zuerst geredet hatte, öffnete dieselbe und ließ ihn ein. Abdias bat den Vater, daß er ihn in den Keller führe, und als er dort die Rohrtüre hinter sich verschlossen hatte, zählte er ihm goldene Münzen aller Länder auf, die er sich erworben hatte, eine große Summe, die man kaum erwarten konnte. Aron sah ihm schweigend zu, bis er fertig war, dann schob er die Goldstücke auf dem Steine zusammen, und tat sie wieder handvollweise in den ledernen Sack, in dem sie Abdias gebracht hatte, und legte den Sack seitwärts in ein Loch, das zwischen Marmorfriesen war. – – Dann, als bräche die Rinde plötzlich entzwei, oder als hätte er mit der Vaterfreude warten müssen, bis erst das Geschäft aus war, stürzte er gegen den Sohn, umarmte ihn, drückte ihn an sich, heulte, segnete, murmelte, betastete ihn, und benetzte sein Angesicht mit Tränen.

Abdias aber ging, da dies vorüber war, wieder in die Vorstube hinauf, warf sich auf einen Haufen Matten, die da lagen, und ließ den Quell seiner Augen rinnen – er rann so milde und süß; denn sein Leib war ermüdet bis zum Tode.

Der Vater aber ließ ihn von seinen Lumpen entkleiden, man legte seinen Körper in ein linderndes reinigendes Bad, rieb dann die Glieder mit köstlichen und heilsamen Salben, und kleidete ihn in ein Feierkleid. Dann wurde er in die inneren Zimmer gebracht, wo Esther auf den Polstern saß und geduldig wartete, bis ihn der Vater hereinführen würde. Sie stand auf, da der Angekommene unter dem Vorhange des Zimmers hereinging – aber es war nicht mehr der süße weiche schöne Knabe, den sie einst so geliebt hatte, und dessen Wangen das so sanfte Kissen für ihre Lippen gewesen waren; sondern er war sehr dunkel geworden, das Antlitz härter und höher und die

Augen viel feuriger –: aber auch er sah die Mutter an – sie war nicht minder eine andere geworden, und das unheimliche Spiel der Jahre zeigte sich in ihrem Angesichte. Sie nahm ihn, da er bis an ihre Seite vorwärts gekommen war, an ihr Herz, zog ihn gegen sich auf die Kissen, und drückte ihren Mund auf seine Wangen, seine Stirne, seinen Scheitel, auf seine Augen und auf seine Ohren.

Der alte Aron stand seitwärts mit gebücktem Haupte, und die Zofen saßen in dem Gemache daneben hinter gelbseidenen Vorhängen und flüsterten.

Die andern aber, die noch zu dem Hause gehörten, gingen draußen an ein anderes Geschäft, das ihnen anbefohlen worden war. Obgleich die Nacht von ihrer Mitte bereits gegen Morgen neigte, und die bekannten Bilder der Sterne, die am Abende von Ägypten herübergekommen waren, schon jenseits der Häupter standen und gegen die Wüste hinabzogen, mußte noch die Ankunft nach der Sitte gefeiert werden. Man schlachtete bei Kerzenscheine ein Lamm, briet es in der Küche, und setzte es auf den Tisch. Sie gingen alle hinzu, aßen alle davon, und man gab auch dem Gesinde zu essen. Hierauf begaben sie sich zur Ruhe und schlummerten lange bis an den andern Tag, da die Wüstensonne schon auf die Trümmer niederschien, wie ein großer runder Diamant, der täglich ganz allein am leeren Himmel funkelte.

Von da an waren Freudenfeste durch drei Tage. Es wurden die Nachbarn herbeigerufen, das Kamel, der Esel und der Hund des Hauses waren nicht vergessen, und für die Tiere der Wüste wurde ein Teil in die entfernten Gegenden der Trümmer hinausgelegt; denn es reichten die Mauerstücke weit in der Ebene fort, und was die Menschen von ihnen übergelassen hatten, dazu kamen die Tiere, um Schutz zu suchen.

Als die Feste vorübergegangen waren, und noch eine Zeit verflossen war, nahm Abdias aufs neue Abschied von den Eltern; denn er reisete nach Balbek, um die schönäugige Deborah zu holen, die er dort gesehen, die er sich gemerkt hatte, und die mit all den Ihrigen zu seinem Stamme gehörte. Er reisete als Bettler, und kam nach zwei Monaten dort an. Zurück ging er als bewaffneter Türke mitten in einer großen Karawane, denn das Gut, das er mit sich führte, konnte er nicht in Klüften verstecken, und konnte es, wenn es verlorenginge, nicht wieder erwerben. Damals war in allen Karawansereis die Rede von der Schönheit des reisenden Moslim und der noch größern seiner Sklavin; – aber die Rede, wie ein glänzender Strom gegen die Wüste, verlor sich allgemach, und nach einer Zeit dachte keiner mehr daran, wo die beiden hingekommen wären, und es redete keiner mehr davon. Sie aber waren in der Wohnung des alten Arons, es wurden in den Gewölben unter dem Schutte Zimmer gerichtet, die

Vorhänge gezogen, und die Polster und Teppiche für Deborah gelegt.

Aron teilte mit dem Sohne sein Gut, wie er es versprochen hatte, und Abdias ging nun in die Länder hinaus, um Handel zu treiben.

Wie er einst gehorsam gewesen war, so trug er jetzt aus allen Orten zusammen, was nach seiner Meinung den Sinnen der Eltern wohltun könnte, er demütigte sich vor den eigensinnigen Grillen des Vaters und litt das vernunftlose Scheltwort der Mutter. – Als Aron alt und blöde geworden war, ging Abdias in schönen Kleidern, mit schimmernden und gut bereiteten Waffen, und er machte mit seinen Kaufgenossen draußen Einrichtungen, wie es die großen Handelsleute in Europa tun. Da die Eltern unmündige Kinder geworden waren, starben sie eines nach dem andern, und Abdias begrub sie unter den Steinen, die neben einem alten Römerknaufe lagen.

Von jetzt an war er allein in den Gewölben, die unter dem hochgetürmten Schutte neben dem Triumphbogen und den zwei Stämmen der verdorrten Palmen sind.

Nun reisete er immer weiter und weiter, Deborah saß mit ihren Mägden zu Hause und harrte seiner, er wurde draußen bekannter unter den Leuten, und zog die schimmernde Straße des Reichtums immer näher gegen die Wüste.

2. Deborah

Als nach dem Tode Arons und Esthers einige Jahre vergangen waren, bereitete es sich allgemach vor, daß es nun anders werden sollte in dem Hause neben den Palmen. Das Glück und der Reichtum häuften sich immer mehr. Abdias war eifrig in seinem Werke, dehnte es immer weiter aus, und tat den Tieren, den Sklaven und den Nachbarn Gutes. Aber sie haßten ihn dafür. Das Weib seines Herzens, welches er sich gewählt hatte, überschüttete er mit Gütern der Welt, und brachte ihr, obwohl sie unfruchtbar war, aus den Ländern die verschiedensten Dinge nach Hause. Da er aber einmal in Odessa krank geworden war, und die böse Seuche der Pocken geerbt hatte, die ihn ungestaltet und häßlich machten, verabscheute ihn Deborah, als er heimkam, und wandte sich auf immer von ihm ab; denn nur die Stimme, die sie gekannt hatte, hatte er nach Hause gebracht, nicht aber die Gestalt, – – und wenn sie auch oft auf den gewohnten Klang plötzlich hinsah – so kehrte sie sich doch stets wieder um, und ging aus dem Hause; sie hatte nur leibliche Augen empfangen, um die Schönheit des Körpers zu sehen, nicht geistige, die des Herzens. Abdias hatte das einst nicht gewußt; denn als er sie in Balbek erblickte, sah er auch nichts, als ihre große Schönheit, und da er fort war, trug er nichts mit, als die Erinnerung dieser Schönheit. Darum war für Deborah jetzt alles dahin. – Er aber, da er sah, wie es geworden war, ging in seine einsame Kammer, und schrieb dort den Scheidebrief, damit er fertig sei, wenn sie ihn begehre, die nun von ihm gehen würde, nachdem sie so viel Jahre bei ihm gewesen war. Allein sie begehrte ihn nicht, sondern lebte fort neben ihm, war ihm gehorsam, und blieb traurig, wenn die Sonne kam, und traurig, wenn die Sonne ging. Die Nachbarn aber belachten sein Angesicht, und sagten, das sei der Aussatzengel Jehovas, der über ihn gekommen wäre, und ihm sein Merkmal eingeprägt habe.

Er sagte nichts und die Zeit schleifte so hin.

Er reisete fort, wie früher, kam wieder heim, und reisete wieder fort. Den Reichtum suchte er auf allen Wegen, er trotzte ihn bald in glühendem Geize zusammen, bald verschwendete er ihn, und wenn er draußen unter den Menschen war, lud er alle Wollüste auf seinen Leib. – Dann kam er nach Hause und saß an manchem Nachmittage hinter dem hochgetürmten Schutte seines Hauses, den er gerne besuchte, neben der zerrissenen Aloe, und hielt sein bereits grau werdendes Haupt in beiden Händen. Er dachte, er sehne sich nach dem kalten feuchten Weltteile Europa, es wäre gut, wenn er wüßte, was dort die Weisen wissen, und wenn er lebte, wie dort die Edlen leben. – – Dann heftete er die Augen auf den Sand, der vor ihm dorrte und glitzerte – und blickte seitwärts, wenn der Schatten der traurigen Deborah um die Ecke einer Mauertrümmer ging, und sie ihn nicht fragte, was er sinne. – Aber es waren nur flatternde Gedanken, wie einem, der auf dem Atlas wandert, eine Schneeflocke vor dem Gesichte sinkt, die er nicht haschen kann.

Wenn Abdias nur erst wieder hoch auf dem Kamele saß, mitten in einem Trosse, befehlend und herrschend: dann war er ein anderer und es funkelten in Lust die Narbenlinien seines Angesichtes, die so unsäglich häßlich waren, und daneben glänzten in Schönheit die früheren Augen, die er behalten hatte, – ja sie wurden in solchen Zeiten noch schöner, wenn es um ihn von der Wucht der Menschen, Tiere und Sachen schütterte – wenn sich die Größe und Kühnheit der Züge entfaltete, und er mit ihnen ziehen konnte, gleichsam wie ein König der Karawanen; denn in der Ferne wurde ihm zuteil, was man ihm zu Hause entzog: Hochachtung, Ansehen, Oberherrschaft. Er sagte sich dieses vor und übte es recht oft, damit er es sähe – und je mehr er befahl und forderte, um so mehr taten die andern, was er wollte, als wäre es eben so, und als hätte er ein Recht. Obwohl er fast ahnete, daß es hier das Gold sei, welches ihm diese Gewalt gebe, so hielt er sie doch fest und ergötzte sich in ihr. Da er einmal den reichgekleideten Herrn, Melek-Ben-Amar, den Abgesandten des Bei, den dieser zu ihm in die Stadt Bona geschickt hatte, um ein Anleihen zu erzwingen, recht lange hatte warten, und recht inständig hatte bitten lassen, bis er ihm willfahrte, so war er fast in seinem Herzen gesättigt. Als er von da eine Reise durch Libyen machte, kostete er auch das Glück der Schlachten. Es waren Kaufleute, Pilger, Krieger, Gesindel und Leute aller Art, die sich zu einer großen Karawane zusammengetan hatten, um durch die Wüste zu ziehen. Abdias war in seidenen Kleidern und glänzenden Waffen unter ihnen; denn seit er häßlich war, liebte er den Glanz noch mehr. Am siebenten Tage des Zuges, da schwarze Felsen um sie waren, und die Kamele mit den Fußsohlen die Hügel weichen Sandes griffen, flog eine Wolke Beduinen heran. Ehe die in der Mitte, wo das große Gepäcke war, fragen konnten, was es sei, knallten schon am Saume der Karawane die langen Röhre, und zeigten sich Sonnenblitze von Klingen. Sogleich wurde von denen in der Mitte ein Geschrei und ein Jammer erhoben, viele wußten nicht, was zu tun sei, viele stiegen ab und warfen sich auf die Knie, um zu beten. Da erhob sich der hagere Jude, der gleichfalls in der Mitte bei den großen Warenballen geritten war, auf seinem Tiere, und schrie Schlachtbefehle, die ihm einkamen. Er ritt gegen das Gefecht hin vor, und zog seine krumme Klinge: da waren die weißen Gestalten mit den eingemummten Köpfen, und mehrere der Karawane mit ihnen im Kampfe.

Einer wandte sich sogleich gegen ihn, mit der Klinge über den Hals des Kameles nach seinem Kopfe holend, aber Abdias wußte in dem Augenblicke, was zu tun sei: er duckte sich seitwärts an den Hals des Kameles, stieß sein Tier dicht an den Feind, und stach ihn, daß ein Blutbach über das weiße Gewand strömte, von dem Sattel. Auf die nächsten feuerte er seine Pistolen. Dann rief er Befehle, die seine Nachbarn einsahen und befolgten – und wie die andern sahen, wie es gehe, wuchs ihnen der Mut, immer mehrere kamen herbei, und wie nur erst der zweite und der dritte von den Feinden fiel, da flog eine wilde Lust heran, der Teufel des Mordens jauchzte, und die ganze Karawane drängte vor. Abdias selber wurde emporgerissen, er hatte sein schwarzes Angesicht hoch gehoben, seine Narben waren Feuerflammen, die Augen in dem dunkeln Antlitze weiße Sterne, der Mund rief weit tönend und in Schnelle die tiefen Araberlaute aus, und wie er, die Brust gleichsam in Säbelblitze tauchend, immer tiefer hineinritt, hatte er den dunklen dürren Arm, von dem der weite Seidenärmel zurückgefallen war, von sich gestreckt, wie ein Feldherr, der da ordnet. Im dünnen Schatten des Rauches, der sich bald verzogen, weil keiner mehr Zeit zum Laden hatte, und in den Blitzen der fürchterlichen Wüstensonne, die oben stand, änderte sich nun schnell das Bild der Dinge: die früher angegriffen hatten, waren jetzt die Bedrängten und Mitleidswürdigen. Sie sahen nach Rettung. Einer drückte zuerst das lange Gewehr sachte an seine Gestalt, beugte sich vor, und schoß in Flucht aus dem Kreise – ein anderer warf die Waffen weg, die Zügel auf den Rücken vorwärts, und ließ sein Heil dem edlen Pferde, das mit Windesflug in die Wüste trieb – wieder andere, in Vergessenheit der Flucht, wurzelten in dem Boden und flehten Gnade. Aber alles war vergeblich. Abdias, der befohlen hatte, konnte nicht mehr lenken, die Flut schwoll über, und die früher gebeten hatten, tobten jetzt, und stießen denen, die auf den Knien lagen und baten, das Messer in das Herz. – – Abdias hielt, da endlich alles aus war, und die Sieger die Toten und Verwundeten und die Satteltaschen an ihren Tieren plünderten, auf seinem Kamele, und warf den blutigen Säbel von sich weg. Ein Türke, der in der Nähe kauerte, mißverstand die Bewegung, und sah sie für einen Befehl an: er wischte die Klinge an seinem eigenen Kaftan ab, und reichte sie dem tapfern Emir wieder.

Als man nach dem Gefechte weiterzog, und alle Tage das einsame Bild der Wüste war, dachte Abdias: wenn er nun den Bei tötete, wenn er selber Bei würde, wenn er Sultan würde, wenn er die ganze Erde eroberte und unterwürfe – was es dann wäre? Es waren unbekannte Dinge und standen mit düsterm Winken in der Zukunft. – – Allein er wurde nicht Bei, sondern, wenn wir uns so ausdrücken dürfen, auf jener ganzen Reise, die noch weit herumging, schwebte schon ein trauriger dunkler Engel über ihm. Man war wieder in die blühenden Länder der Menschen gekommen, er hatte in vielen Richtungen zu gehen, er schloß sich bald an diese, bald an jene Karawane an, und öfters – wie es nun Menschen manchmal ist – wenn er so in der Ferne zog, fiel ihm plötzlich ein: wenn nur zu Hause kein Unglück geschehen ist – aber er strafte diese Gedanken immer wieder selber, indem er sagte: »Was kann denn zu Hause geschehen? Zu Hause ist ja gar kein Unglück möglich.« – – Und er zog hierauf noch Öde aus Öde ein, hatte Geschäfte abzutun und tat sie mit Glück, sah manche Gegenden und Städte, und es waren mehre Monate vergangen, bis er nach all den Kreislinien wieder einmal das Blau der Atlasberge schimmern sah, und hinter ihnen seine Heimat ahnete. Er zog ihr zu. Er ließ seine schönen Kleider in einem Dorfe, wo in einer Grotte eine Synagoge war, und in einer schönen heitern Sternennacht lösete er sich von der letzten Karawane, mit der er gezogen war, ab, und wandte sich seitwärts gegen die Ebene, über die man zu den Bergen, und jenseits derselben zu der alten Römerstadt gelangen konnte. Da schwang sich der Engel von seinem Haupte; denn es war geschehen, was da sollte. Da Abdias nämlich als zerlumpter Mann auf dem Kamele reisend ganz allein im Sande ritt, und sich bereits dem Ziele seiner Wanderung näherte, sah er eine schwache blaue Dunstschichte über der Geisterstadt stehen, gleichsam einen brütenden Wolkenschleier, wie sie oft ihr Phantom auf die Wüste werfen – allein er achtete nicht darauf, da auch der andere Himmel sich milchig zu beziehen anfing, und die heiße Sonne wie ein rotes trübes Auge oben stand, was in diesen Gegenden immer das Herannahen der Regenzeit bedeutet. Aber da er endlich zu den wohlbekannten Trümmern gelangte, und in die bewohnten Teile derselben einritt, sah er, daß man die zerstörte Stadt noch einmal zerstört hatte; denn die wenigen elenden Balken, die einst von weiten Landen herbeigeschleppt und aufgerichtet worden waren, lagen herumgestreut, und rauchten – schmutzige Asche von Palmenblättern, den Dächern der Hütten, lag zwischen schwarzen von Feuer genäßten Steinen – er ritt schneller – und wie er zu dem Triumphbogen und den zwei verdorrten Palmenstämmen gekommen war, so sah er fremde Männer, welche Dinge aus seinem Hause trugen – ihre Maultiere waren schon sehr bepackt, und aus dem Schlechten, was sie in den Händen hatten, erkannte er, daß es das letzte sei, was sie trugen. An den Palmenstämmen aber hielt Melek-Ben-Amar hoch zu Rosse und mehrere Männer waren um ihn. Als Abdias schnell sein Tier zum Niederknien gezwungen hatte, abstieg, gleichsam wie zu retten herbeilief und den Menschen erkannte, grinsete dieser mit dem

Angesichte auf ihn herab und lächelte – Abdias mit dem unbeschreiblichsten inbrünstigsten Hohne und Hasse fletschte ihm auch die Zähne entgegen – aber er hatte jetzt nicht Zeit, sondern sprang an ihm vorbei in die vordere Stube, wo die alten Kleider lagen, um zu sehen – – aber hier waren etliche Nachbarn, die aus Schadengier herbeigelaufen waren, um sich zu weiden – – und wie diese jetzt den unvermutet herbeigekommenen Abdias gewahr wurden, jubelten sie laut und schreiend, ergriffen ihn sogleich, schlugen ihn, spien ihm ins Angesicht und riefen: »Da bist du nun – du bist es, du, du!! – – Du hast dein eigen Nest beschmutzt, du hast dein eigen Nest verraten und den Geiern gezeigt. Weil du in ihren eitlen Kleidern gegangen bist, haben sie's geargwohnt, der Grimm des Herrn hat dich gefunden und zermalmt, und uns mit dir. Du mußt ersetzen, was genommen ward, du mußt alles ersetzen, du mußt es zehnfach ersetzen, und mehr.«

Abdias, gegen so viele Hände unmächtig, ließ gewähren, und sagte kein Wort. Sie zerrten ihn wieder gegen die Tür, und wollten neuerdings schreien und ihn mißhandeln. Da kam der Abgesandte des Bei mit mehreren Soldaten herein und rief unter die Juden: »Laßt den Kaufmann fahren, sonst wird jeder von euch an einen Spieß gesteckt, so wie er hier steht. Was geht es euch an, daß er ein Hund ist; denn ihr seid es auch. – Wollt ihr fahren lassen, sag ich?«

Darauf wichen sie zurück. Die Söldner Meleks durchsuchten nun Abdias Kleider, und nahmen ihm alles, was ihnen gefiel – er litt es sehr geduldig – dann sagte Melek zu ihm: »Du hast sehr übel getan, Abdias-Ben-Aron, daß du in diesem Verstecke da Habe und Abgaben unterschlagen hast, wir könnten dich strafen, aber wir tun es nicht. Lebe wohl, edler Kaufmann, wenn du einmal des Weges in unsere Stadt bist, so besuche uns, wir werden dir die Pfänder deiner Schuldforderung zeigen, und dir die Zinsen bezahlen. – Jetzt gebt ihn frei, daß er wieder anschwelle und Früchte trage.«

Und mit Lachen und mit Schreien ließen sie von ihm ab – er litt es auch sehr geduldig, und hatte sich nicht gerührt, nur daß er bei dem Hohne die Augen scheu seitwärts drehte, wie ein ohnmächtiger Tiger, der geneckt wird. – – Aber wie sie draußen waren, aufstiegen, und über den Hügel Sandes davonreiten wollten, sprang er eines Satzes nach, riß die Pistolen aus dem Halfter seines Kameles, wo man sie, als man die anderen Packsäcke abgeschnitten, auf dem magern verachteten Tiere vergessen hatte, und feuerte beide auf Melek ab. Allein er hatte ihn nicht getroffen. Da kehrten mehrere Soldaten um, schlugen ihn mit ihren Spießen über den Rücken und die Lenden, und ließen ihn für tot liegen. Dann ging der Zug wieder durch die Trümmer fort gegen jene Seite der Ebene hinaus, die mit kurzem schlechten Grase bewachsen ist und den nächsten Weg zu den bewohnten Ländern hat. Abdias blieb auf dem Sand liegen und regte sich nicht. Da man aber keinen einzigen Laut von dem Schreien der Fortreitenden mehr hören konnte, zog er sich von dem Boden empor, und schüttelte die Glieder. Er ging wieder zu dem Kamele, das noch auf den Knien lag, nahm von den tiefer gelegenen Stellen des sehr geflickten Halfters zwei kleine Pistolen heraus, die dort verborgen waren, und begab sich damit in seine Wohnung. Dort standen sowohl an den Palmen, als auch in der Stube noch mehrere seines Stammes, die zusammengelaufen waren, und harrten, was jetzt zu tun sei. Er ging sachte durch die Tür hinein, drückte sich an die Wand, und rief mit heiserer Stimme: »Wer von euch nur noch einen Atemzug lang hier verweilet, ja wer nur mit dem Fuße zuckt, als wollte er der letzte sein, der fortgeht, den schieße ich mit dieser Waffe nieder, und seinen Nachbarn mit der andern – denn kann geschehen, was da wolle – gepriesen sei der Herr!«

Er war während dieser Worte bis in die Tiefe der Stube zurückgeschlichen, und hatte die Sterne des Sehens auf sie gerichtet. Sein häßlich Antlitz funkelte in maßloser Entschlossenheit, die Augen strahlten, und einige behaupteten nachher, sie hätten in jenem Augenblicke auch ganz deutlich einen unnatürlichen Schein um sein Haupt gesehen, von dem die Haare einzeln und gerade emporgestanden wären wie feine Spieße.

Sie zauderten noch ein wenig, und gingen dann einzeln zur Türe hinaus. Er schaute ihnen nach und knatterte mit den Zähnen, wie eine Hyäne der Berge. Als endlich der letzte seinen Fuß über die Schwelle gezogen hatte, und unsichtbar wurde, murmelte er: »Da gehen sie, sie gehen – warte, es wird eine Zeit kommen, Melek, daß ich mit dir auch noch rechne.«

Draußen mochten sie überlegen: »Wenn er der Mann sei, der sie ins Verderben gebracht, so könne er ihnen auch wieder emporhelfen, er muß ersetzen, sie wollen ihn sparen und in der Zukunft zwingen.« Er hörte ihre Worte herein und horchte mit den Ohren darauf hin. Aber sie wurden immer weniger, und endlich ließ sich gar nichts mehr vernehmen, ein Zeichen, daß sie alle fortgegangen sein mochten.

Abdias stand noch eine Weile und atmete lange und tief. Dann wollte er nach Deborah sehen, die ihn jetzt wieder dauerte. Er steckte die Pistolen in seinen Kaftan, stieg über den Haufen Gewandes, das sonst vor dem Eingange zu dem innern Zimmer gehangen war, jetzt aber auf der Erde lag, griff sich durch den Gang, in welchem die Lampe herabgeworfen worden war, und trat in die Gemächer hinein. Da fiel das Licht durch die Fenster oben, die mit Myrten umrankt waren, auf den Estrich des Bodens herab:

allein es waren nun keine Teppiche und Matten mehr da, sondern die in allen Stellen nach Schätzen aufgewühlte Erde und die nackten Steine der tausendjährigen Mauern sahen ihn wie eine Mördergrube an. Er fand wirklich Deborah in dem größeren Gemache, wo sie sonst gerne gewesen war, und – siehe, wie seltsam die Wege und Schickungen der Dinge sind: sie hatte ihm gerade in dieser Nacht ein Mägdlein geboren – aus Schreck der Mutter war es zu früh gekommen, und sie hielt ihm nun dasselbe von dem Haufen lockerer Erde, auf dem sie lag, entgegen. Er aber stand in dem Augenblicke, wie einer, der von einem furchtbaren Schlage geschüttelt wird, da. Nichts als die einzigen Worte sagte er: »Soll ich denn nun nicht nachreiten, und das Kind in die Spieße der Soldaten schleudern?!«

Nach einem kleinen Weilchen Harrens aber ging er näher, hob es auf, und sah es an. Dann ohne es wegzutun, begab er sich in das anstoßende Gemach, und sah lange und scharf gegen einen Winkel und die dort gefügten Steine, dann kam er heraus und sagte: »Ich habe es gedacht, ihr Toren, ich habe euch also genug heraußen gelassen – o ihr siebenfachen Toren!«

Dann fiel er auf die Knie nieder und betete: »Jehova, Lob, Preis und Ehre von nun an bis in Ewigkeit!«

Sodann ging er wieder zu Deborah, und legte das Kind zu ihr. Er griff mit dem Finger in ein Wasser, das in einem Näpfchen nicht weit von ihr stand, und netzte ihr die Lippen, weil kein einziger Mensch, keine Wehmutter, kein Diener und keine Magd in der ganzen Wohnung war. Und als er dies getan hatte, sah er noch genauer auf sie hin, und streichelte, neben ihrem Haupte kauernd, ihre kranken, bereits alternden Züge – sie aber lächelte ihn seit fünf Jahren wieder zum ersten Male mit dem düsteren traurigen Antlitze an, als sei die alte Liebe neu zurückgekehrt – indes sah wieder der häßliche Kopf eines Nachbars, der vielleicht die Gierde am wenigsten zähmen konnte, sogar bei dieser innern halb zerbrochenen Tür herein, aber er zog sich wieder zurück – Abdias achtete nicht darauf, es fiel ihm von den Augen herunter, wie dichte Schuppendecken, die darüber gelegen waren – es war ihm mitten in der Zerstörung nicht anders, als sei ihm das größte Glück auf Erden widerfahren – und wie er neben der Mutter auf dem nackten Boden saß, und wie er den kleinen wimmernden Wurm mit den Händen berührte, so wurde ihm in seinem Herzen, als fühle er drinnen bereits den Anfang des Heiles, das nie gekommen war, und von dem er nie gewußt hatte, wo er es denn suchen sollte – es war nun da, und um Unendliches süßer und linder als er sich es je gedacht. Deborah hielt seine Hand, und drückte sie und liebkoste sie – er sah sie zärtlich an – sie sagte zu ihm: »Abdias, du bist jetzt nicht mehr so häßlich, wie früher, sondern viel schöner.«

Und ihm zitterte das Herz im Leibe.

»Deborah«, sagte er, »es ist kein Mensch da, der dir etwas reichen könnte, hast du nicht vielleicht Hunger?«

»Nein, Hunger habe ich nicht«, antwortete sie, »aber Mattigkeit.«

»Warte, ich will dir etwas bringen«, sagte er, »das dich stärket, und ich will dir auch Nahrung reichen, die dir vielleicht doch abgeht, und ich will dein Lager besser bereiten.«

Dann stand er auf, und mußte sich erst ein wenig dehnen, ehe er fortgehen konnte; denn die Schmerzen waren während der kurzen Ruhe recht stark gekommen. Dann ging er hinaus und brachte von den schlechten Kleidern, die draußen lagen, einen Armvoll herein, und bereitete neben ihr ein besseres Lager, auf das er sie hinüberhob, dann deckte er noch sein von seinem Leibe warmes Oberkleid auf sie, weil er meinte, es friere sie; denn sie war so bleich. Sodann ging er zu dem Platze, wo die Zündsachen lagen, die dienten um Feuer anzufachen. Sie lagen unberührt dort, weil sie schlechte Dinge waren. Er zündete ein Kerzlein an, tat es in die Hornlaterne, und stieg draußen über eine Treppe unter der Erde hinab, wo der Wein zu liegen pflegte. Er war aber aller herausgelassen und verschüttet. Aus einer kleinen Lacke, die auf der Erde stehengeblieben war, brachte er ein wenig in ein Gefäß. Dann holte er Wasser aus der Zisterne. Denn das in dem Näpfchen war schon sehr warm und auch etwas stinkend geworden, und mit dem Gemische von Wein und frischem Wasser benetzte er ihre Lippen und sagte, sie solle mit der Zunge das Naß nur wegnehmen und hinunterschlucken, es würde ihr für den Augenblick schon helfen. Als sie dies getan, und mehrere Male wiederholt hatte, stellte er die Gefäße mit Wein und Wasser wieder hin, und sagte, er wolle ihr nun auch Nahrung bereiten. Er suchte aus seinen herumgestreuten Reisesachen eine Büchse hervor, in der er stets den verdichteten Stoff einer guten Brühe mit sich führte. Dann ging er in die Küche hinaus, um etwa nach einem Blechgefäße zu schauen, das ihm dienen könnte. Und als er ein solches gefunden hatte, kam er wieder herein, tat Wasser und den Stoff in dasselbe, zündete eine Weingeistflamme an, und stellte es auf einem Gestelle darüber. Er blieb bei dem Gefäße stehen, um zu merken, wie sich das Ganze auflösen würde. Deborah mußte jetzt viel wohler und ruhiger sein; denn wenn er hinblickte, sah er, daß sie über die Augen, mit welchen sie ihm zuschaute, öfter die Lider herabfallen ließ, als wollte sie schlummern. In dem ganzen Hause war es sehr stille, weil alle Zofen und Diener fortgelaufen waren. Als sich sein Brühstoff in dem warmen Wasser vollends aufgelöst hatte, nahm er das Gefäß wieder weg, um alles ein wenig abkühlen zu lassen. Er kniete neben ihrem Angesichte nieder und saß nach Art der Morgenländer auf seine Füße.

»Deborah, bist du schläfrig?« sagte er.

»Ja sehr schläfrig«, antwortete sie.

Er hielt das Gefäß noch ein wenig zwischen den Händen, und da es gehörig lau geworden war, reichte er ihr den Trank, und sagte, sie solle schlürfen. Sie schlürfte. Es mußte ihr auch wohlgetan haben, denn sie sah noch einmal mit den schlaftrunkenen Augen gegen sein Angesicht, wie er so neben ihr saß, empor, und entschlummerte dann wirklich sanft und süß. Er blieb noch eine Weile sitzen und schaute hin. Das Kindlein mit den weiten Ärmeln des Kaftans zugedeckt, schlummerte gut. Dann stand er auf und stellte das Gefäß bei Seite.

Die Zeit dieses Schlafes wollte er benützen, um zu sehen, was denn noch in der Wohnung liegen könne, daß man es zu einer Einrichtung gebrauche, die in der ersten Zeit forthelfe – auch wollte er, wenn es anginge, draußen kurz umsehen, ob er keines seiner Diener oder Dienerinnen erblicken könne, daß sie eine Weile wachten, indes er fortgehe, und um Nahrung wenigstens für die nächsten Augenblicke sorge. Er ging durch die Zimmer, kam wieder heraus zu Deborah, und wie er herumsuchte, und immer auf das Schloß der Tür hinsah, wie er es denn machen solle, daß er schließen könne, wenn er fortgehe – denn alles hing halb zerrissen und zerbrochen herab – kroch sein abessinischer Sklave Uram herbei. Er zog sich an der Erde fort, und richtete die Augen fest auf

Abdias, weil er eine furchtbare Züchtigung erwartete, da er, als die Plünderer kamen, mit den andern fortgelaufen war. Aber Abdias hatte ihm eher Lohn als Strafe zugedacht, indem er der erste war, der wiedergekommen.

»Uram«, sagte er, »wo sind denn die andern?«

»Ich weiß es nicht«, antwortete der Sklave, indem er im Näherkriechen innehielt.

»Seid ihr denn nicht miteinander fortgelaufen?«

»Ja, aber es haben sich alle zerstreut. Und wie ich gehört habe, daß du zurückgekehrt bist, bin ich wiedergekommen, und habe gemeint, die andern werden auch schon da sein, weil du uns schützen wirst.«

»Nein, sie sind nicht da«, sagte Abdias, »kein einziger ist da. – – Knabe Uram«, fuhr er dann sehr sanft fort, »komme näher und höre, was ich dir sagen werde.«

Der Jüngling sprang empor, und starrte Abdias an. Dieser aber sprach: »Ich werde dir einen sehr schönen roten Bund geben mit einem weißen Reigerbusche darauf, ich werde dich zum Aufseher über alle anderen machen, wenn du genau ausführest, was ich dir sage. Du mußt, solange ich fort bin – denn ich werde ein wenig weggehen – deine kranke Herrin und dieses Kind bewachen. Setze dich hierher auf diesen Erdhaufen – so – hier hast du ein Gewehr, es ist eine Pistole – so mußt du sie halten – –.«

»Das weiß ich schon«, sagte der Knabe.

»Gut«, fuhr Abdias fort, »wenn nun einer hereinkömmt, und die schlummernde Frau und das Kind anrühren will, so sag ihm, er solle gehen, sonst wirst du ihn töten. Geht er nicht, so halte die Öffnung gegen ihn, drücke an der eisernen Zunge und schieße ihn tot. Verstehst du alles?«

Uram nickte und setzte sich in der verlangten Stellung auf den Boden.

Abdias sah ihn noch ein Weilchen an, und ging dann den Griff der andern Pistole mit seiner Hand im Kaftane haltend durch den Gang in die äußere Stube hinaus. Es lag alles so herumgestreut, wie er es verlassen hatte, und kein Mensch war in der weitläufigen Höhle. Da er sich überall umgesehen hatte, beschloß er vollends hinauszugehen. Er mußte sich wegen der vielen Schmerzen in den Lenden noch einmal dehnen, und stieg dann über die Schwelle der Tür zu den Palmen hinaus. Es war hier wirklich ganz öde, wie er es vorausgedacht hatte; denn die Nachbarn mochten in ihre entfernten Behausungen, oder wohin es ihnen sonst gefallen hat, gegangen sein. Als er zu dem Sandhaufen kam, wo er mit den Lanzen geschlagen worden war, war das Kamel nicht mehr da – sie hatten es samt den Lumpen als Ersatz mitgenommen. Er bog um den Triumphbogen und abgelegene Trümmer herum, und als er auf den hohen Schutthaufen, der über seinem Hause lag, gekommen war, stieg er auf den noch höheren hinan, der sich hinter demselben befand, wo Sand und weitgedehnte Blöcke lagen, und eine große Umsicht auf alle Dinge und auf das Dämmerrund der Wüste sich eröffnete. Dort hob er einen Stein auf, und zog einen goldenen Ring unter demselben hervor. Dann stand er, und sah ein wenig herum. Die Sonne, welche früher ein trüber roter Glutpunkt gewesen war, war nun gar nicht mehr sichtbar, sondern ein verschleierter grauer heißer Himmel stand über der Gegend. Wir würden in unsern Ländern eine solche Luft sehr heiß nennen, aber dort war sie im Vergleiche mit Tagen, wo die Sonne unausgesetzt niederscheint, bedeutend kühler geworden. Abdias atmete sie wie eine Labung, und strich sich mit der flachen Hand ein paarmal über die Seiten seines Körpers herab. Er schaute durch das schweigende Getrümmer, das unter ihm lag, und stieg dann hinab. Als er bei der zerrissenen Aloe war, begannen kleine Tropfen zu fallen, und was in diesem Erdstriche eine Seltenheit ist, ein grauer sanfter Landregen hing nach und nach über der ganzen ruhigen Ebene; denn auch das ist selten, daß die Regenzeit so stille, und ohne den heftigen Stürmen herannaht.

Abdias stieg auf der entgegengesetzten Seite, als er heraufgegangen war, hinab, wanderte durch allerlei wohlbekannte Irrgänge und Windungen der Trümmer und hatte ziemlich weit zu gehen, bis er das Ziel, wohin er wollte, erreichte, nämlich die Wohnung des vorzüglichsten seiner Nachbarn, wo er glaubte, daß er auch einige andere antreffen würde. Wirklich waren mehrere da, und als sich das Gerücht verbreitete, er sei über die Schwelle des Gaal hineingegangen, kamen noch immer mehrere herbei.

Er sagte zu ihnen: »Wenn ich durch die schöneren Kleider, die ich trug, und durch den größeren Handel, den ich trieb, unsern Aufenthalt verraten, die Plünderer hergelockt, und euch Schaden verursacht habe, so will ich auch denselben ersetzen, so gut ich kann. Ihr werdet nicht alles verloren haben; denn ihr seid weise, und habt Kleinodien geborgen. Bringet ein Papier oder Pergament und Tinte herbei. Ich habe manche Schuldforderungen draußen ausstehen, die mir meine Freunde bezahlen müssen, sobald die Zeit um ist. Ich werde sie euch hier aufschreiben, und werde die Erlaubnis dazu schreiben, daß ihr das Geld als euer Eigentum einnehmen dürfet.«

»Wer weiß, ob es wahr ist, daß er etwas zu fordern hat«, sagte einer der Anwesenden.

»Wenn es nicht wahr ist«, antwortete Abdias, »so habt ihr mich immer hier, und könnt mich steinigen, oder sonst mit mir tun, was euch gefällt.«

»Das ist richtig, laßt ihn nur schreiben«, riefen andere, während das herbeigebrachte Pergament und die Tinte hingeschoben wurden.

»Er ist so weise wie Salomo«, sagten diejenigen, welche ihn heute am meisten verschimpft und verspottet hatten.

Und als er auf dem Pergamente eine lange Reihe aufgeschrieben, sie ihnen dargereicht, und sie alle gesagt hatten, daß sie einstweilen zufrieden sein wollen, bis er sich erholt habe und auch das andere ersetzen kann, zog er den Ring aus seinem Kaftan hervor, und sagte: »Du hast eine Milcheselin, Gaal, wenn du mir dieselbe ablassen willst, so bin ich geneigt, dir diesen Ring dafür zu geben, der einen großen Wert hat.«

»Den Ring bist du als Ersatz schuldig, wir werden ihn dir nehmen«, riefen sogleich mehrere.

»Wenn ihr mir den Ring nehmt«, antwortete er, »so werde ich den Mund zuschließen, und euch in Zukunft niemals mehr sagen, wo ich Geld habe, wer mir etwas schuldig ist, wo ich im Handel etwas erworben habe, und ihr werdet nie mehr etwas von mir bekommen, das euch eueren Schaden vermindern könnte.«

»Das ist wahr«, sagte einer, »laßt ihm den Ring, und, Gaal, gib ihm die Eselin dafür.«

Den Ring hatten sie unterdessen angeschaut, und da sie erkannt hatten, daß er viel kostbarer sei, als der Preis der Eselin beträgt, sagte Gaal, er werde ihm die Eselin geben, wenn er zu dem Ringe noch ein Stück Geld hinzulegen könne.

»Ich kann nichts mehr hinzulegen«, antwortete Abdias, »denn sie haben mir alles genommen, wie ihr selber gesehen habt. Gib mir den Ring, ich werde ohne die Eselin fortgehen.«

»Lasse den Ring«, sagte Gaal, »ich werde dir die Eselin senden.«

»Nein«, antwortete Abdias, »du darfst sie mir nicht senden, sondern du mußt mir einen Riemen geben, an welchem ich sie fortführen werde. Oder gib den Ring.«

»Ich werde den Riemen und die Eselin geben«, sagte Gaal.

»Sogleich«, sagte Abdias.

»Sogleich«, antwortete Gaal. »Geh hinaus, Jephrem, und führe sie aus der Grube herauf, in welcher sie steht.«

Während der Diener ging, um die Eselin zu holen, fragte Abdias die Leute, ob sie keinen seiner Diener oder keine der Zofen seines Weibes gesehen haben; »denn«, sagte er, »sie sind alle fortgegangen.«

»Sind alle deine Diener fort?« fragte man, »nein, wir haben sie nicht gesehen.«

»Ist vielleicht eines davon bei dir, Gad, oder bei dir, Simon, oder bei einem andern?«

»Nein, nein, wir sind selber alle fortgelaufen, und haben nichts von ihnen gesehen.«

Indessen war Jephrem mit der Eselin gekommen, Abdias trat aus der Schwelle der Höhle Gaals heraus, man gab ihm den Riemen in die Hand, und er führte die Eselin über den Schutt davon. Aus den Fenstern steckten sich die Köpfe, und schauten ihm nach.

Er ging durch die Wege der Trümmer, und gedachte eine Stelle aufzusuchen, die abgelegen war, die er recht wohl kannte, und die öfter als Zufluchtsort gedient hatte, ob er denn nicht eins oder das andere seiner Diener dort finden könnte, wohin sie sich vielleicht geflüchtet haben möchten. Der Regen hatte unterdessen überhandgenommen, und war zwar fein geblieben, aber ganz allgemein geworden. Er ging durch den Brei des Sandes, oder an den Schlinggewächsen vorbei, die aus verschiedenen Spalten hervorkamen, und die liegenden Baustücke überwuchsen, er ging neben nickenden Aloeblüten und an triefenden Myrten vorüber. Kein Mensch begegnete ihm auf dem Wege und es war kein Mensch ringsum zu sehen. Als er an die Stelle kam, die er sich gedacht hatte, ging er durch die niedrige, flache Pforte, die bis auf ihre Mitte im Sande stand, hinein, und zog die Eselin hinter sich her. Er ging durch alle Räume des versteckten Gewölbes; aber er fand es ganz leer. Dann ging er wieder heraus und stieg noch auf ein Mauerstück, um sich umzusehen, ob er vielleicht eines erblicken könnte – aber es war nichts zu sehen, als überall dasselbe Bild uralter Trümmer, über welche allseitig und emsig das feine hier so kostbare Wasser rieselte, daß sie wie in einem düsteren Firnisse glänzten; er sah keinen einzigen Menschen darin, auch hörte er nichts, als das sanfte Rieseln der rinnenden Gewässer. Er wollte seine Stimme nicht erheben, um zu rufen; denn wollte ihm eins eine Antwort geben, das ihn höre, so konnte es ja auch den Weg in seine Behausung finden, und dort seine Anordnungen erwarten. Sie werden gewiß bei einem der Leute versteckt sein, der sie nicht verraten will. Er dachte sich, sie mögen ihn nun für einen Bettler halten und ihn fliehen – und er erkannte dies Benehmen als natürlich. Er stieg wieder von dem Mauerstücke herab, nahm den Riemen der Eselin, den er unterdessen um einen Knauf gewunden hatte, und trat den Weg zu dem Triumphbogen an. Obwohl er, da er das Oberkleid abgelegt hatte, um es auf Deborah zu breiten, ganz durchnäßt war, so achtete er nicht darauf, und zog das Tier hinter sich her. Als er zu Hause angekommen war, ging er durch die Tür in die Vorderstube, führte die Eselin mit und band sie dort an. Er hatte in der Stube niemanden gefunden. Im Hineingehen durch den schmalen Gang dachte er, wenn drinnen auch noch niemand sei, so werde er selber Deborahs Diener sein, und sie pflegen, soweit er es in seiner jetzigen Lage könne.

Aber sie hatte einer Pflege nicht mehr not; denn da er außer Hause war, hatte sie nicht geschlummert, sondern sie war gestorben. Das unerfahrene Weib hatte sich, wie ein hilfloses Tier verblutet. Sie wußte es selber nicht, daß sie sterbe, sondern da ihr Abdias die stärkende Brühe gegeben hatte, tat sie wie eines, das recht ermüdet ist und sanft einschläft. Sie schlief auch ein, nur daß sie nicht mehr erwachte.

Als Abdias eintrat, war das Gemach noch immer einsam, es war auch hierher noch niemand zurückgekehrt. Uram, wie ein Bild aus dunklem Erze gegossen, saß an Deborahs Lager und wachte noch immer, Augen und Pistolen gegen die Tür gerichtet; sie aber lag, wie ein Bild von Wachs, bleich und schön und starr hinter ihm – und das Kind lag an ihrer Seite, schlummerte süß, und regte im Traume die kleinen Lippen, als sauge es. – – Abdias tat einen furchtsamen Blick hin und schlich näher; – mit eins wurde ihm die Gefahr klar, und er dachte an das, worauf er früher vergessen hatte – er stieß aus Überraschung einen schwachen Schrei aus – dann aber nahm er das Oberkleid, das er früher auf sie gebreitet hatte, und andere Lappen, die da lagen, weg, um zu sehen: es war deutlich, auf was er nicht geachtet, und was sie gar nicht gewußt hatte. Er zupfte aus einem Kleide eine Faser heraus, die so fein und leichter war, als es eine Flaumfeder sein konnte, und hielt sie vor ihren Mund: – aber sie rührte sich nicht. Er legte die Hand auf ihr Herz; er fühlte es nicht. Er griff ihre nackten Arme an: sie begannen schon kühler zu werden. Er hatte bei Karawanen, in Wüsten, und im Hospitale Menschen sterben gesehen, und erkannte das Angesicht. Er stand auf, und ging in den nassen Kleidern, die an seinem Körper klebten, in der Stube herum. Der Knabe Uram blieb in gleicher Stellung auf dem Boden sitzen, und ließ die Augen den Bewegungen seines Herrn folgen. Dieser ging endlich in die Zimmer daneben, warf die nassen Kleider von seinem Leibe auf einen Haufen, und suchte sich aus den Dingen, die herum waren, einen Anzug zusammen. Dann ging er in die Vorderstube hinaus, nahm von der Eselin etwas Milch in eine Schale, trug die Milch herein, wickelte einen kleinen Lappen zusammen, tat ihn in die Milch, daß er sich ansauge, und brachte ihn dann an den Mund des Kindes. Dieses saugte daran, wie es am Busen einer Mutter getan hätte. Als es die Lippen immer schwächer regte, aufhörte, und wieder fortschlief, legte er es weg von der Seite der Mutter in ein Bettlein, das er aus Kleidern in eine Mauernische gemacht hatte. Dann setzte er sich auf eine Bank nieder, welche von Steinen gebildet wurde, die zufällig aus der Mauerecke hervorstanden. Wie er saß, flossen aus seinen Augen Tränen, wie geschmolzenes Erz. Es stand nämlich Deborah vor ihm, wie er sie zuerst in Balbek gesehen hatte, da er zufällig an ihrem Hause vorüberging, und das Gold des Abends nicht nur um die Zinnen ihres Hauses, sondern auch um die aller übrigen floß. Von einem weißen Mauerstücke flog ein Paradiesvogel auf, und tauchte sein Gefieder in die gelbe Glut. Wie er sie dann abgeholt hatte, wie sie von den Ihrigen über die Terrasse herabgeleitet, gesegnet worden war, und wie er sie dann von allen Angehörigen weggenommen, und auf sein Kamel gehoben hatte. – Jetzt wird sie bei ihrem verstorbenen Vater sein, und ihm erzählen, wie es bei Abdias gewesen ist.

Er blieb immerfort auf den Steinen sitzen, auf die er sich niedergelassen hatte. Es war in dem stillen Gemache niemand bei ihm als Uram, der ihm zuschaute.

Da endlich dieser Tag zur Neige ging und es in der Höhle allgemach so dunkel geworden war, daß man kaum mehr etwas sehen konnte, stand er auf und sagte: »Uram, lieber Knabe, lege diese Waffe weg, es ist hier niemand zu bewachen, sondern zünde die Hornlaterne an, gehe zu den Nachbarinnen und Klageweibern, sage ihnen, daß deine Herrin gestorben ist, und daß sie kommen sollen, um sie zu waschen, und mit andern Kleidern anzukleiden. Sage ihnen, daß ich noch zwei Goldstücke habe, die ich ihnen geben werde.«

Der Knabe legte die Pistole auf die lockere Erde, stand auf, suchte die Zündsachen auf dem ihm wohlbekannten Platze, zündete die Laterne an, die Abdias, als er aus dem Keller gekommen war, hingestellt hatte, und ging hinaus. Der Lichtstreifen der mitgenommenen Laterne zog sich durch den Gang davon, und es war hierinnen jetzt finsterer, als es früher gewesen ist, weil das Licht den Gegensatz erzeugt hatte. Abdias zündete sich nichts an, sondern suchte nach der Wange des Weibes, kniete nieder, und küßte sie zum Abschiede. Aber sie war jetzt schon kalt. Dann ging er zum Zündplatze, wo ein Stück einer Wachskerze lag, fachte dieselbe an, und leuchtete gegen das Weib. Das Angesicht war das nämliche, mit dem sie ihn angesehen hatte, als er ihr Labung gereicht, und mit dem sie dann eingeschlafen war. Er meinte, wenn er nur genauer hinschaute, so müßte er sehen, wie es sich regte, und die Brust sich im Atmen hebe. Aber es atmete nichts, und das Starren der toten Glieder dauerte fort. Auch das Kind regte sich nicht. Als sei es gleichfalls gestorben. Er ging zu demselben hin, um darnach zu sehen. Aber es lag in tiefem Schlafe und sehr viele kleine Tröpflein standen auf der Stirne desselben. Er hatte es nämlich aus Übervorsicht zu stark mit Tüchern bedeckt. Daher nahm er etwas davon weg, um die Hülle leichter zu machen. Während er dieses tat, fiel sein langer Schatten von seinem Rücken weg über die Leiche des toten Weibes. Vielleicht schaute er auf das kleine Angesichtchen, ob er in demselben nicht Spuren von Zügen der Verstorbenen entdecken könnte. Aber er entdeckte sie nicht, denn das Kind war noch zu klein.

Der Sklave Uram kehrte sehr lange nicht zurück, gleichsam als fürchtete er sich und wolle nicht mehr kommen, aber da schon das Stück Wachskerze fast zu Ende gebrannt war, und Abdias bereits ein anderes angezündet hatte, näherte sich der Tür ein verworrenes Murmeln und Rufen, und Uram trat an der Spitze eines Menschenhaufens in das Zimmer. Er bestand größtenteils aus Weibern. Einige davon waren gekommen, um zu klagen und zu jammern, wie es ihr Geschäft war, andere, sich an dem Unglücke zu erregen; und wieder andere, um es anzuschauen. Unter den Angekommenen war auch Mirtha, die Leibdienerin Deborahs, die sie immer am meisten geliebt hatte, und der sie vollends alle ihre Neigung zuwendete, da sie dieselbe ihrem Manne abgewendet hatte. Sie war ebenfalls aus Furcht davongerannt, wie die andern, als die Plünderer hereingebrochen waren, und war dann aus Haß gegen Abdias nicht mehr zurückgekehrt. Als sie aber am Abende gehört hatte, daß ihre Herrin ein Kind geboren habe, und dann gestorben sei, schloß sie sich an den Menschenhaufen an, den man neben einer Laterne auf den regendurchweichten Wegen durch die dichten Trümmer gegen die Behausung des Abdias hingehen sah. Sie wollte sehen, ob beide Dinge wahr seien. Als sie in dem Gemache angekommen war, und den Gebieter ihrer Herrin stehen sah, drang sie schreiend und weinend aus dem Haufen hervor, warf sich vor ihm nieder, umschlang seine Füße und verlangte Bestrafung von ihm. Er aber sagte nichts, als die Worte: »Stehe auf, und achte nur auf Deborahs Kind, und beschütze es, da dasselbe dort liegt und gar niemanden zur Pflege hat.«

Als sie sich auch von der Leiche der Herrin aufgerichtet, und sich ein wenig beruhigt hatte, nahm er sie an der Hand und führte sie zu dem Kinde hin. Sie, die Augen immer auf ihn gerichtet, setzte sich neben demselben nieder, um es zu beschützen, und sie deckte sein Angesicht mit einem Tuche zu, damit es keine bezaubernden Augen anschauen könnten.

Die andern Leute, die herbeigekommen waren, riefen durcheinander: »Ach der Jammer, – ach das Elend – ach das Unglück!«

Abdias aber schrie ihnen zu: »Laßt sie ruhen, die sie nichts angeht; – ihr aber, deren Beschäftigung diese Sache ist, klaget um sie, badet sie, salbet sie, und gebt ihr ihren Schmuck. – Aber sie hat keinen Schmuck mehr – nehmt nur von dem, was da herumliegt das Beste, und kleidet sie an, wie sie begraben werden soll.«

Diejenigen, die sich über sie gebeugt hatten, und sie an allen Stellen betasten wollten, gingen auseinander – aber die andern legten Hand an sie, um ihre Pflicht zu tun, derentwillen sie hergekommen waren. Abdias setzte sich in dem Schatten nieder, den der Menschenknäuel in die hintere Ecke warf; denn man hatte zwei alte Lampen angezündet, um zu allem besser sehen zu können, was man zu tun hatte.

»Das ist ein verstockter Mann«, murmelten einige untereinander.

Die Totenweiber hatten indessen die oberflächlichsten Kleider von der Leiche getan, hoben sie dann auf, und trugen sie in das Gemach nebenan, um sie vollends entkleiden zu können. Dann holten sie Wasser aus den von dem heutigen Regen angefüllten Zisternen, machten in der Küche Feuer, um es zu wärmen, taten es dann in eine Wanne, und badeten und wuschen mit demselben den Leichnam, der noch nicht starr war, und namentlich in der Wärme des Wassers die Glieder aufgelöset herniederhängen ließ. Als er rein war, legten sie ihn auf ein Tuch, und salbten ihn überall mit Salben, die sie zu diesem Zwecke mit sich herbeigebracht hatten. Dann rissen sie aus den offenen Schreinen und lasen von dem Boden auf, was da geblieben war, und kleideten die Leiche vollständig an. Was nach diesem Geschäfte von Hüllen noch übriggeblieben war, packten sie zusammen und trugen es nach Hause.

Die Leiche war wieder in das Gemach, in dem sie früher gewesen war, herausgetragen, und auf die Erde niedergelegt worden. Deborah lag nun da, angekleidet wie das Weib eines armen Mannes. Es bildeten sich Gruppen, um in der Nacht zu wachen, die Totenweiber waren auch wieder zurückgekehrt, manche Menschen gingen in den nächtlichen Trümmerwegen zu Abdias Höhle ab und zu, und in dem Vorgemache, das nach auswärts führte, klagten und heulten die Weiber, die um Lohn herbeigekommen waren.

Am andern Tage begrub Abdias sein Weib in dem steinernen Grabe, und zahlte die zwei versprochenen Goldstücke.

Sie hatte wenig Glück in dieser Ehe gehabt, und als es angefangen hätte, mußte sie sterben.

Die Nachbarn segneten sie mit ihren Lippen in das Grab hinein, als dasselbe mit den nämlichen Steinen geschlossen wurde, unter denen Aron und Esther schliefen, und sagten: Abdias sei es eigentlich gewesen, der sie um das Leben gebracht habe.

3. *Ditha*

Als Deborah begraben worden war und sich der letzte Stein über ihrem Leibe zu dem Nachbarsteine gefügt hatte, gleichsam als lägen sie zufällig da, und bärgen nicht so kostbare Dinge, wie die Körper verstorbener Angehörigen, und da sie auch so schwer befunden worden waren und so fest aufeinander lastend, daß keine etwa begierig schweifende Hyäne die Glieder auszuscharren vermochte: ging Abdias nach Hause, und stand vor dem kleinen Kinde. Mirtha hatte in einem anderen Gemache eine bessere und tiefere Mauernische ausgefunden. Sie war einstens mit Seide ausgefüttert und mit seidenen Polstern bedeckt gewesen. Esther hatte gerne das schöne Kind Abdias daraufgelegt, damit sich sein süßes Lächeln recht heiter von der schönen dunklen grünen Seide hervorhebe. Jetzt waren aber keine solchen Dinge in der Nische vorhanden; denn die Vorhänge und Überzüge aus Seide waren herabgerissen, und auf Saumtieren verpackt worden, die Kissen lagen allein da und waren zerfetzt, so daß das, womit sie gefüllt waren, ein zartes dünnes Gras, gleichsam das Haar der Wüste, herausquoll, wie das Innere eines menschlichen Körpers. Mirtha zog dieses feine Gefüllsel gar heraus, lockerte es mit ihren Fingern auf, und polsterte damit den nackten von spitzigen Steinen unterbrochenen Boden der Nische. Dann suchte sie unter den herumliegenden Lumpen etwas zusammen, was sie darauf breitete, um das Kind auf dieses Bettlein legen zu können. Von Linnen war überhaupt wenig in der Wüste, und das Beste dieses Wenigen hatten die Reiter mitgenommen. Daher machte sie aus Wolle, aus andern Stoffen, ja aus seidenen Lappen, deren Farbe nicht mehr zu erkennen war, Windel, und legte sie auf einen Haufen neben die Nische. Da das neugeborne Mädchen auf diesem Bettlein schlief, war es, daß Abdias von dem Begräbnisse heimkam, und sich vor dasselbe hinstellte.

»Es ist so gut«, sagte er, »Mirtha; wir müssen nun weiter sorgen.«

Er ging hinaus, und führte die Eselin, die er gekauft hatte, und die noch immer in dem Gemache angebunden war, in dem er sie gelassen hatte, herein. Er stellte sie, damit sie recht gut verwahrt sei, in das Gewölbe, welches sonst das Prunkgemach Esthers gewesen war, und in das von oben herab durch das vergitterte Fenster das Licht fiel. Dort band er sie sorgsam an, und richtete den hölzernen Riegel, mit welchem die Tür inwendig versehen war, wieder her, daß man ihn nachts, da man herinnen schlief, immer vorschieben könne. Von dem Vorrate dürren Wüstenheues, mit dem er sonst immer seine Kamele gefüttert hatte, war genug vorhanden, indem das Heu nicht in seiner Behausung, deren Äußeres, in so ferne es brennbar war, von den Soldaten abgebrannt worden war, sondern in einer nicht weit davon befindlichen trockenen Höhle der Trümmer aufbewahrt worden war. Die Plünderer hatten es wohl gefunden, hatten auch versucht es anzuzünden, aber wegen Mangel an Luftzug, und weil es so dicht gepackt war, hatte es nicht in Flamme geraten können. Sie rissen daher so viel heraus, als ihnen der Übermut eingab, nahmen mit, was sie für die nächsten Augenblicke brauchten, und auf ihren Tieren unterbringen konnten, und ließen das übrige zerstreut liegen. Als sich Abdias des Heues und seiner Brauchbarkeit versichert hatte, ging er wieder in seine Wohnung zurück, und suchte dort sehr lange unter all dem vielen Plunder die reinsten und wo möglich aus Linnen verfertigten Lappen heraus, damit sie dem Kinde zum Saugen dienten, wenn man ihm die frische, warm aus dem Körper der Eselin kommende Milch zur Nahrung gab. Diese Lappen legte er alle auf einem Steine zusammen, der sich in dem Gemache des Kindes befand. Sodann sah er nach den Zisternen. Er hatte in früherer Zeit hinter dem hohen Schutte, der auf seiner Wohnung lag, dort, wo ein sehr großes Fries und daraufliegende Felsenstücke immerwährenden Schatten gaben, zwei Zisternen graben lassen. Gewöhnlich aber war nur in einer derselben Wasser, die andere war leer. Dies rührte daher, weil die Zisterne mittelst eines Schlauches, den man absperren konnte, mit einer Wassergrube im Keller, die künstlich eingesäumt und dicht gepflastert war, in Verbindung stand, in welche Grube Abdias immer größere Wasserteile, wenn sie sich oben sammelten, abließ, damit das Wasser im Keller frischer werde, und keine so große Menge durch Verdünstung verliere, als wenn es oben in der warmen Luft gestanden wäre, der es noch dazu eine größere Oberfläche darbot, als im Keller. Beide Zisternen fand Abdias nach dem gestrigen Regen ganz voll und er ließ die eine, wie gewöhnlich unter die Erde ablaufen.

Das dürre, schlechte Kamel, auf welchem er gestern gekommen war, das er auf dem Sande vor seinem Hause gelassen hatte, hatte er ganz vergessen. Er erinnerte sich jetzt desselben und wollte darnach sehen. Es war zwar nicht mehr auf der Stelle, auf welcher es noch kniete, da Abdias die Pistolen herausgerissen hatte, aber es war doch schon in dem Stalle. Der Knabe Uram hatte es dem Manne, der es gestern, gleichsam um sich für seinen Verlust ein wenig zu entschädigen, fortgeführt hatte, wieder genommen, er hatte es durch die Mauertrümmer fortgeführt, hatte es zu einer gelben Lacke, die er recht wohl wußte, und die er niemanden andern gönnte, geführt, ließ es die ganze Lacke austrinken, damit das Wasser nicht, wenn wieder die heiße Sonne käme, verlorenginge, dann hatte er es in den Stall gebracht, nachdem er ihm noch zuvor das Geschirr und Riemzeug, welches noch auf ihm war, herabgenommen hatte. In dem Stalle fand es Abdias stehen. Es war das einzige, wo noch vor kurzem mehrere und weit edlere und bessere gestanden waren. Es hatte ein wenig von dem durch die Plünderer herumgestreuten, halb versengten Heue vor sich, und fraß begierig von demselben. Abdias ließ etwas Mais, davon auch ein Vorrat dageblieben war, hinzugeben, und von der Höhle frischeres Heu holen. Dann sagte er zu Uram, den er in dern Stalle getroffen, und durch den er diese letzteren Dinge hatte besorgen lassen: »Uram, gehe noch heute, solange die Sonne scheint, hinaus über den Sandkamm, und suche die Herde, sie muß dort herum wo sein – und wenn du sie gefunden hast, so zeige dich dem Hirtenrichter und sage, daß er dir von dem Anteile des Einwohners Abdias einen mit dessen Namen gezeichneten Hammel gebe. Diesen nimm an den Strick, und führe ihn noch vor Abend hierher, daß wir ihn schlachten, etwas braten, und etwas durch Meersalz aufbewahren, damit wir so lange durchkommen, bis die Karawane, die morgen fortgehen wird, wieder zurückkehrt, und so viel mitbringt, daß wir das gewöhnliche Leben zum Teil wieder anfangen können. Wenn du die Herde nicht bald findest, so suche nicht sehr lange, sondern kehre um und komme noch bei Tage nach Hause, daß wir um etwas anderes umsehen können. Hörst du? Hast du alles wohl verstanden?«

»Ja«, sagte der Knabe, »ich werde die Herde schon finden.«

»Hast du aber auch etwas zu essen?« fragte Abdias.

»Ja, ich habe in der obern Stadt ein Täschchen voll Weizen genommen«, antwortete der Knabe.

»Nun gut«, sagte Abdias.

Nach diesen Worten langte Uram einen Strick von einem Haken des Stalles herunter, wo er gewöhnlich zu dem Behufe des aufgetragenen Geschäftes hing, nahm noch einen langen Stab von sehr schwerem Holze und lief über das Trümmerwerk davon, das in großen Haufen von dem Stalle des Abdias gegen die Wüste hinausging.

Abdias sah ihm ein Weilchen nach, bis er die hüpfende Gestalt nicht mehr erblicken konnte. Dann wendete er sich um und begab sich wieder in seine Wohnung. Zum Mittagsmahle nahm er ein paar Hände voll Maiskörner und trank von dem warmen Wasser der oberen Zisterne. Mirtha ließ er eine Schale voll Milch von der Eselin nehmen, und gab ihr von dem dürren Brode, das da war; denn das bessere war zum Teile weggenommen, zum Teile verschleppt und verschleudert worden, auch konnte wegen dem zu starken Austrocknen in der heißen Wüste niemals ein großer Vorrat auf einmal gebacken werden.

Den ganzen Nachmittag brachte Abdias damit zu,

die Wohnung in einen solchen Stand zu setzen, daß sie von außen vor jedem nicht gar zu gewaltigen Angriffe gesichert war. Er schleppte die Lappen und was von guten Dingen zerrissen herumlag in zwei Gemächer zusammen, die jetzt zur Wohnung bestimmt waren, das andere verrammelte er zum Teile, zum Teile band er es mit vorgefundenen Stricken zusammen, so daß es hielt und die Eingänge, die etwa zu den Gemächern sein könnten, verwahrt waren. Teilweise hatte er auch ganz neue Riegel angebracht, er hatte die Klammern und Arben mit guten Nägeln angenagelt. Als er fertig war, saß er auf der Steinbank und ruhte ein kleines Weilchen.

Die Schmerzen, welche von der gestrigen Mißhandlung durch die Soldaten herrührten, waren heute viel heftiger geworden, als sie gestern in der ersten Aufregung waren, und hatten den Körper weit ungelenker gemacht. Er war einige Male in den Keller gegangen, hatte von dem kostbaren kalten Wasser eine Schale voll genommen, hatte ein Tuch eingetaucht, und sich mit demselben die Lenden und andere schmerzende Stellen befeuchtet.

Gegen Abend kam ein Bote, welcher von den Dienern und Dienerinnen, die sonst in Abdias Hause waren, abgesandt war. Uram und Mirtha waren die einzigen, die sich wieder eingefunden hatten und bei Abdias den Tag über geblieben waren. Der Bote forderte im Namen der Leute, deren Kennzeichen er mitbrachte, den rückständigen Lohn, den sie trotzig begehrten, weil sie meinten, er sei nunmehr ein Bettler. Abdias sah die Forderungen an, und gab dann dem Boten das Geld, das er in lauter sehr kleinen Münzen aus dem schlechten Kaftane zog, den er nun anhatte. Er sagte, daß er die Nachbarn grüßen lasse, und daß er, wenn sie wollten, noch einige schlechte seidene Dinge um sehr billiges Geld zu verkaufen hätte, sie möchten morgen kommen, wenn es ihnen genehm wäre, etwas davon zu erstehen.

Der Bote nahm das Geld, ließ die Papiere, welche von Seite der Diener den Empfang bestätigten, in Abdias Hand und ging fort.

Als schon die in jenen Ländern sehr kurze Dämmerung eingebrochen war, und als Abdias, welcher recht gut wußte, wie schnell eine sehr finstere Nacht auf sie folge, bereits mehrere Male über die Trümmer nach Uram ausgeschaut hatte, dessen Verirren in der gegenstandlosen Wüste er fürchtete, kam der Knabe, als noch die letzten schwachen Strahlen leuchteten, hinter den dunkeln Mauerstücken, durch herabhängendes Buschwerk noch dunkler gemacht, hervor, den Hammel, welcher Widerstand leistete, mehr hinter sich herzerrend, als ihn führend. Abdias gewahrte ihn bald, trat zu ihm hinzu und geleitete ihn zu dem Eingange des äußeren Gemaches, das in seine Wohnung führte. Dort war der Hammel angebunden, und nachdem Uram belobt worden war, wurde ihm ferner aufgetragen, daß er wieder die Hornlaterne anzünden und nach einem Manne, etwa dem Fleischer Asser, suchen möchte, welcher gegen Geld den Hammel schlachte und teile. Abdias war nämlich wegen der vielen Schmerzen, die er in seinem Leibe hatte, und die denselben immer ungefügiger machten, gleichsam als rieben sich die Muskeln, die er bewegen wollte, schmerzhaft aneinander, oder als strotzten sie, nicht leicht im Stande bei der Sache zu helfen, noch weniger aber, sie selber zu verrichten, wie er wohl sonst öfter getan hatte. Der Knabe zündete die Laterne an und eilte fort. Nach nicht gar langer Zeit kam er wieder zurück und führte den Fleischer Asser neben sich. Dieser trat zu Abdias ein, und als man nach einigem Handeln einig geworden war, erklärte er sich, daß er den Hammel schlachten, ausziehen und nach der gesetzmäßigen Art teilen wolle. Abdias nahm die Laterne, leuchtete gegen den Hammel hin, um dessen Zeichen zu sehen und sich zu versichern, daß er der seine sei, und er nicht etwa einen fremden schlachte. Nachdem er über diesen Punkt in Richtigkeit war, sagte er, das Geschäft möge beginnen. Der Fleischer band sich das Tier, wie er es brauchte, legte es gegen eine Grube, in die das Blut abfließen konnte, und tötete es. Dann zog er die Haut ab und teilte das Fleisch in Teile, wie es bedungen worden war und wie es bei den Bewohnern der verwüsteten Stadt in Gebrauch gekommen. Der Knabe mußte ihm mit einer Kerze, die angezündet worden war, leuchten. Nachdem all das verrichtet war, und der Fleischer, wie man ausgemacht hatte, die Eingeweide genommen und seinen Lohn erhalten hatte, mußte ihn Uram wieder mit der Hornlaterne in seine Wohnung zurückgeleiten. Als er von diesem Gange abermals nach Hause gekommen war, verscharrten er und Abdias die blutige Grube mit Erde, taten dann Wasser, Reis und ein Stück Fleisch nebst Salz und Kräutern in einen Topf, machten Feuer, und kochten das Ganze bei Kamelmist und einigen Resten von Myrtenreisigbündeln, welche nicht verbrannt worden waren. Als diese Speise bereitet war, aßen Abdias und der Knabe davon, und trugen auch Mirtha, welche immer innen bei dem Kinde sitzen geblieben war, einen Teil hinein. Zum Trinken bekamen sie Wasser aus der oberen Zisterne; denn das in dem Keller wurde gespart. Nachdem alles dieses vorüber war, ging Abdias zu dem äußern Eingange der Wohnung und verwahrte und verschloß ihn von innen, und nachdem er mit dem Knaben noch die Reste des Fleisches teils eingesalzen, teils frisch zum morgigen Gebrauche in die tief unter die Erde gegrabene Grube gebracht hatte, die zur Aufbewahrung von derlei Gegenständen da war, verschloß und verband er auch alle übrigen Türen, die in der Behausung waren, von innen, und die Bewohner dieser Gemächer begaben sich zur Ruhe. Wo sonst beinahe ein Gewühl von Dienern und Leuten gewesen war, schliefen nun statt vieler Menschen Abdias, der Knabe Uram, die Magd Mirtha und das kleine Kind Ditha. Judith war es nach Esthers Mutter genannt worden; Mirtha hatte es aber den ganzen Tag über mit der Verkleinerung Ditha angeredet. Abdias hatte sich auf dem Boden des Gemaches gebettet, in dem das Kind war, Mirtha schlief neben der Nische, in der Ditha lag, eine Lampe brannte in dem Zimmer, und im Nebengemache war die eingekaufte Eselin. Uram lag draußen im Vorgemache in trocknen Palmenblättern.

Als am andern Tage die Sonne aufgegangen war, kamen viele Nachbarn und wollten von Abdias die seidenen Sachen, von denen er ihnen hatte Meldung tun lassen, kaufen. Er lag von den vielen Schmerzen seines Körpers halb zurückgelehnt in einem Haufen Wüstenstroh. Uram hatte alle die Lappen, die ihm Abdias bezeichnet hatte, herbeigetragen und hatte sie aufeinandergeschichtet. Es waren teils alte Kleider, welche von noch älteren völlig unbrauchbaren herausgesucht worden waren, teils waren es Überreste in größeren und kleineren Stücken Stoffes, mit dem er sonst gehandelt hatte, teils endlich waren es Fetzen seiner eigenen Geräte und Matten, welche von den Plünderern zerrissen und wegen ihrer Unbedeutenheit so wie die Stoffreste, hingeworfen worden waren. Die Nachbarn handelten um alle Dinge, selbst die unbedeutendsten, und kauften alle Flecke, die ihnen

Abdias vorlegte, ein. Als nach vielem Handeln und Herabdrücken der Preise alle Sachen verkauft und die dafür ausgedungenen Preise gezahlt waren, nahmen die Käufer ihr Erstandenes zusammen und gingen fort. Der übrige Teil des Tages verging wie der gestrige unter Verrichtungen zur Verbesserung der Lage. Abdias stand zu Mittage wieder auf, ging zu dem Landesflecke neben seiner Wohnung hinaus, wo er sonst seine Gemüse stehen hatte, und sah nach. Es war manches da, manches war wegen Nichtbeachtung zugrunde gegangen. Was am besten den Himmelsstrich vertragen konnte, wollte er stehenlassen und besorgen. Er kargte sich ein wenig Wasser von der oberen Zisterne ab, und befeuchtete die am meisten bedürftigen damit. Er glaubte es um so eher tun zu können, weil die Regenzeit bevorstand, und wieder Wasser bringen würde. Die Eselin versorgte er selber mit Heu, welches er aus der Mitte des Stockes herausnahm, wo es am wenigsten von dem Brandgeruche des Hauses eingesaugt hatte. Er gab ihr Wasser, worunter sogar ein Teil des kühlen aus dem Keller gemischt wurde; er ließ sie durch Uram abends hinaus in die Luft führen, und während er selber dabeistand, von den verschiedenen Gräsern, Disteln und Gesträuchen fressen, die in dem Sande, dem Lehme und dem Schutte des Trümmerwerks wuchsen. Das schlechte Kamel, welches allein in dem Stalle stand, versorgte Uram. Draußen in der Herde, welche gemeinschaftlich in der Wüste gehalten wurde, waren noch einige aber wenige Tiere sein, diejenigen, welche in den Wohnungen der Trümmer waren, waren von den Plünderern fortgetrieben worden.

Nach wenigen Tagen kam ein Teil der fortgegangenen Karawane zurück, und brachte solche Dinge und Sachen mit, welche zu dem täglichen Verkehre gehörten, und dazu dienten, daß sie das Leben, wie es vor dem Einbruche der Plünderer geherrscht hatte, wieder nach und nach anfangen konnten. Abdias kaufte in den darauf folgenden Tagen allgemach ein, was er brauchte, und in kurzer Zeit stellte sich das tägliche Hin- und Herhandeln wieder ein, welches unter Menschen in einer Gemeinde notwendig ist, daß sie gesellig leben, und ihren Zustand, er sei noch so niedrig, wie er will, einrichten können. Die Nachbarn wunderten sich nicht, daß Abdias Geld habe und zwar mehr, als er durch den Verkauf der Waren gelöset haben konnte; denn sie selber hatten ja auch eins, das sie im Sande vergraben gehalten.

So verging gemach eine Zeit nach der andern. Abdias lebte still fort, an jedem Tage so wie an dem vorhergegangenen. Den Nachbarn fiel es auf, und sie dachten, er warte nur auf seine Zeit, welche den Augenblick bringen würde, an dem er sich für alle vergangenen Unbilden rächen könnte. Er aber stand in seiner Wohnung und betrachtete das kleine Kind. Es hatte winzige Fingerchen, die es noch nicht zu regen verstand, es hatte kleine unkennbare Züge in dem unentwickelten Angesichtchen, das sich noch kaum zu entfalten begann, und in diesem Angesichtchen hatte es blaue Augen. Diese Augen standen in der sehr schönen Bläue offen, aber regten sich noch nicht, weil sie noch das Sehen nicht verstanden, sondern die Außenwelt lag gewaltig, gleichsam wie ein totgeborner Riese, darauf. Die blauen Augen waren Ditha allein eigentümlich, da weder Abdias noch Deborah blaue Augen hatten, sondern tiefschwarze, wie es ihrem Stamme und jenem Lande, in dem sie lebten, eigen zu sein pflegt. Er hatte nie vorher besonders Kinder betrachtet. Dieses aber betrachtete er. Er reisete auch nicht fort, wie er sonst getan hatte, um Handel zu treiben und zu erwerben, sondern blieb immer da. Er dankte oft Jehova, daß er einen solchen Strom sanften Fühlens in das Herz des Menschen zu leiten vermöge. Wenn es Nacht war, saß er zuweilen wieder, wie er es früher auch getan, auf dem hochgetürmten Schutte seines Hauses, dort, wo die zerrissene Aloe stand, und betrachtete die Gestirne, die tiefen funkelnden Augen des Südens, die hier täglich zahllos und feurig herniedersehen. Abdias wußte aus seinen unzähligen Wanderungen sehr gut, daß im fortlaufenden Jahre immer andere Sterne am Himmel prangen, der einzige Schmuck, der in der Wüste, wo keine Jahreszeiten sind, in dem einen Jahre hinum sich erneuert.

Endlich, nach sehr langer Zeit, kam auch der zweite Überrest der gleich nach der Zerstörung in die Welt hinausgeschickten Karawane. Die verbrannten und zerlumpten Leute derselben brachten alle Dinge, die man noch vollends brauchte; sie brachten Waren und Kleinode, um wieder damit zu handeln, und endlich brachten sie an die Eigentümer jenen Teil der von Abdias abgetretenen Summe, der eben zur Zeit des Karawanenzuges fällig gewesen war. Die Nachbarn waren nun zufrieden, sie achteten ihren Genossen Abdias, und dachten, wie er wieder hinausginge und Handel treibe, so würde er bald wieder so reich sein, daß er ihnen allen Schaden ersetzen könnte, den sie erlitten hatten, und den er ihnen doch eigentlich nur allein durch sein unvorsichtiges und kühnes Leben zugefügt hatte. Sie rüsteten bald wieder einen Zug, und gaben ihm alles mit, was zur Einrichtung eines Handels und Tausches, wie sie ihn vor der Plünderung zu führen gewohnt waren, nötig war. Abdias hatte an dem Unternehmen keinen Teil genommen: Es schien, als schütze er nur das kleine Wesen, welches noch kein Mensch, ja noch nicht einmal ein Tier war.

Die Regenzeit hatte sich indessen eingestellt, und wie es alljährlich bei derselben der Brauch war, verkroch sich alles in seine Häuser und Höhlen, was nicht unmittelbar von dem Lose getroffen war, hinaus in die Ferne zu müssen, um die Geschäfte zu besorgen. Die Zeit des Regens, wußten sie, so vorteilhaft sie ihren wenigen Gemüsestellen, dann den Gesträuchen und den Weideplätzen der Wüste ist, so nachteilig ist sie den Menschen, und erzeugt die in ihrer Lage und ihrem Wohnorte ohnedem so gerne hereinbrechenden Krankheiten. Auch Abdias mit seinen wenigen Untergebenen hielt sich so gut als möglich verschlossen.

Die Zisternen füllten sich und gingen über, die einzige Quelle, welche in der Stadt in einem tiefen Brunnen floß, und zu der alle Bewohner ihre Zuflucht nahmen, wenn die lange Dürre herrschte und jede Zisterne versiegt war, rauschte, und füllte fast den Brunnen bis oben; die Gesträuche und Gräser und Palmen troffen, und wenn wieder die einzelnen unsäglich heißen Blicke der Sonne kamen, freuten sich die Gewächse, wuchsen in einer Nacht ins Unglaubliche, und sie schauerten und zitterten gleichsam in Wonne, wenn das furchtbare Krachen des Himmels über ihnen rollte, und sich fast täglich und stündlich in mehreren abwechselnden Stärken wiederholte. Der Schutt der Trümmer wurde zu Brei, die Felsenmauern wurden abgewaschen, oder sie, so wie die kahlen und sandigen Hügel, überzogen sich mit Grün, daß sie nicht mehr zu erkennen waren.

Nach einer Zeit hörten diese Erscheinungen allmählich wieder auf. Sie hörten in diesem Trümmerwerke um so eher auf, weil dasselbe in der Wüste gelegen war, in welcher sonst der viele ringsherumliegende Sand aus den Strahlen der Sonne eine solche Wärme brütete, daß sie jede Wolke, wenn sie nicht übermäßig dicht und wasserreich war, aufsaugte, und in unsichtbaren Dunst lösete. Die dichten, hängenden, grauen Massen, aus welchen nur zuzeiten weiße, wässerige, schimmernde Stellen leuchteten, und die die geschlungenen furchtbaren Blitze jenes Himmelsstriches brachten, wurden nach und nach höher, trennten sich, daß einzelne Ballen am Himmel standen, die sich dunkler und blauer färbten, weiße schimmernde Ränder hatten, und den klaren Äther und die scheinende Sonne, in immer längeren Zeiträumen herabblicken ließen, – endlich war schon über dem Trümmerwerke und der Wüste ganz heiterer Himmel, nur daß am Rande draußen noch durch ein paar Wochen aus Dunkelblau und Weiß gemischte Ballen und Massen zogen, aus denen Blitze leuchteten; bis auch dieses allgemach aufhörte und der beginnende und nun fortdauernde reine Himmel und die reine Sonne leer und gefegt über dem funkelnden Geschmeide des regendurchnäßten Landes stand.

Die Scheibe der Sonne und die ewigen Sterne löseten sich nun täglich ab. An der Oberfläche des Bodens waren die Wirkungen des Regens bald verschwunden, er war dürr und staubig, daß die Bewohner an den Regen wie an ein Märchen zurückdachten; nur die tiefer gelegenen Wurzeln und Brunnen empfanden noch die Güte der unendlichen, zu einem aufzubewahrenden Schatze hineingesunkenen Menge des Wassers. Aber auch das minderte sich immer mehr und mehr, die kurzlebenden grünen Hügel wurden rötlich, und an vielen Stellen blickte Weiß aus ihnen hervor, was den täglich heiteren Himmel immer dunkler und blauer, und die Sonne immer geschnittener und feuriger machte.

Abdias lebte zu dieser Zeit in seinem Hause immer fort wie seither. Der Augenblick zur Rache schien noch nicht gekommen zu sein.

Als aber seit dem Regen schon eine lange Zeit vergangen, als die flachen Hügel Sandes auch nicht mehr rot, sondern weiß waren, als die Hitze gleichsam blendend über dem Sande stand, trüber rötlicher Schein an dem Gesichtskreise schwebte, jedes Lüftchen draußen, wenn das Auge in die Ferne dringen wollte, den sanften undurchdringlichen Höhenrauch des Staubes führte, als die Trümmer, die Myrten und Palmen grau waren, die Luft täglich heiter, als sollte das ewig währen, und die Erde trocken, als sei Wasser ein in diesem Lande unbekanntes Gut – da das Mädchen Ditha recht gesund und stark war: ging Abdias einmal hinter sein Haus um die verdorrten Palmen und den Triumphbogen herum zu einer Stelle, die neben schwarzen, gleichsam versengten Steinen lag, und grub in der Abgelegenheit der Felsen, wo er wenig erblickt werden konnte, mit einer Handkelle im Sand und in der Erde. Es kamen, da er geschickt arbeitete, mehrere Goldstücke zum Vorschein, und dann wieder mehrere. Er zählte sie. Dann grub er wieder, und fand noch manche. Als er sie, auf seinen Füßen sitzend endlich noch einmal alle gezählt hatte und wahrscheinlich genügend fand, hörte er zu graben auf, und wühlte den trockenen Sand wieder über die flachen einzelnen nicht gar großen Steine, unter denen eigentlich das Gold gelegen war, bis die Stelle aussah, als wäre nur jemand zufällig hier gewesen und hätte zufällig den Sand mit seinen Füßen in Unruhe gebracht. Er trat noch auf der Stelle mit seinen Sohlen hin und her, wie wenn jemand gestanden wäre, sich umgekehrt und nach verschiedenen Richtungen hinausgeschaut hätte. Dann ging er fort und ging ziemlich weit von hier zu einer andern Stelle, auf welcher er es ebenso machte. Zu Mittag ging er nach Hause um etwas zu essen. Dann ging er sogleich wieder hinaus, suchte noch mehrere solche Plätze, und tat an jedem wie an dem ersten. Wo ihm der Sand, von dem Winde angeregt, große Hügel über den Schatz gelagert hatte, grub er immer fort, wieviel Zeit auch dabei vergehen mochte, er häufte Berge Schutt neben sich an, kniete tief in demselben und sah nach – und überall kam ihm das edle, von keinem Roste angegriffene Gold entgegen, wie er es zur Aufbewahrung anvertraut hatte. Gegen Abend kam er rückwärts um den hochgetürmten Schutt auf seinem

Hause, von dem wir öfter gesprochen haben, heran. Er schien mit seiner Arbeit fertig zu sein. Er stieg auf den Gipfel hinauf und sah herum – und nachdem er die unendliche Leere, gleichsam als müßte er von einem Paradiese scheiden, lange angeschaut hatte, stieg er nieder, ging in seine Gewölbe und begab sich bald zur Nachtruhe.

Am andern Tage, als das Licht anbrach, sagte er zu Uram: »Lieber Knabe, gehe hinaus in die Wüste, ob du nicht die Herde finden kannst, zähle die Hammel und die andern Tiere, die mein gehören, und komme dann und sage, wieviel ich noch habe.«

Der Knabe richtete sich und ging fort.

Abdias aber, als er den Knaben nicht mehr sah, begab sich in das Gemach, in welchem Deborah gestorben war, und in welchem sie ihm die kleine Ditha geboren hatte. Dort sperrte er sich ein, so gut er konnte, daß Mirtha nicht hereinkäme, und auch kein Nachbar ihn etwa zufällig besuchte. Als er sich so versichert hatte, ging er in die anstoßende Höhle – denn das Gewölbe war eigentlich ein Doppelgemach – zog kleine, spitzige eiserne Brechwerkzeuge aus seinem Busen heraus, näherte sich einer Ecke der Mauer, und begann dort einen der Steine aus seinen Fugen zu lösen. Als ihm dieses gelungen war, zeigte sich hinter dem herausgenommenen Steine in dem dicken Mauerwerke eine Höhlung, in welcher ein flaches Kästchen aus Kupfer stand, ganz mit Grünspan überzogen. Er nahm das Kästchen heraus und öffnete den Deckel. Im Innern lagen, in Seide und Wolle eingewickelt, einige Papiere. Er nahm sie heraus, setzte sich nieder und zählte sie einzeln auf seinen Kaftan. Sodann legte er sie zusammen auf eine Stelle hin, zog eine hölzerne Büchse aus seiner Tasche, in welcher der Staub eines geschmeidigen seifenförmigen Steines war, und rieb mit dem Staube jedes Papier so lange, bis es nicht mehr rauschte. Dann tat er sie einzeln jedes in ein flaches Täschchen von feiner wasserdichter Wachsseide und nähete die Täschchen an verschiedenen Stellen seines Kaftans ein, der mit vielen und allerlei Flecken bedeckt war. Als er dieses Geschäft zu Ende gebracht hatte, legte er das leere Kästchen, die Brechwerkzeuge und die Büchse, in der der geschmeidige Staub gewesen war, in die Höhlung der Mauer, und fügte den herausgenommenen Stein mit seinen Händen wieder ein. Die Fugen verklebte er mit einer eigenen Art von Mörtel, der sehr schnell trocknete, die Farbe der Mauer hatte und machte, daß man die bestrichene Stelle von jeder andern nicht unterscheiden konnte.

Da diese Dinge vollendet waren, machte er die Türen wieder auf und ging hinaus. Die Zeit neigte sich bereits gegen Mittag. Er aß ein wenig und gab auch Mirtha zu essen. Hierauf begab er sich in das Gemach, in welchem die Eselin stand, und schirrte dieselbe vollständig zu einer Reise an. Er erklärte dann Mirtha, daß er fortziehen wolle, um einen andern Wohnplatz zu suchen, sie möchte sich richten und zu der Reise in Bereitschaft sein. Das Mädchen willigte ein und begann sogleich, weil er sagte, daß es sein müsse, sich und das Kind zu dem Zuge so zu richten, wie sie es am zweckdienlichsten erachtete. Das hagere Kamel hatte Abdias schon mehrere Tage vorher verkauft, damit seine Nachbarn nicht glaubten, daß er Geld habe. Er zog also nach einer Stunde die Eselin hervor, hob Mirtha, die sich vollständig ausgerüstet hatte, auf dieselbe hinauf, gab ihr das Kind, und führte sie fort. Sie zogen durch verschiedene Teile der Trümmerstadt, die nicht bewohnt waren, hin und her, an hohen Klumpen vorüber, von denen Kräuter und dürre Stängel herabschauten, bis sie endlich an dem Rande der Stadt ankamen. Dort führte sie Abdias über graue Rasen und Steppen, dann über Flächen, und endlich in einer geraden Linie in das ebene Land, in welchem kein Gras war und unendlich viele kleine Steinchen am Boden lagen. Hier ging er darüber, und bald hatte sie die rote goldene Sandluft der Wüste eingeschlungen, daß sie von der Trümmerstadt nicht mehr hätten gesehen werden können, so wie sie den grauen Streifen der Stadt nicht mehr sahen.

Abdias hatte sich Sohlen auf die Füße gebunden und leitete die Eselin an dem ledernen Riemen hinter sich her. Für sich und Mirtha hatte er die Büchse mit dem verdichteten Brühstoffe eingesteckt, nebst Weingeist und Geschirre, um zu kochen: das Tier trug Wasser und sein Futter. Den ursprünglich weißen Arabermantel, der aber jetzt vom Schmutze völlig vergelbt war, nahm er selber auf seine Schultern, ebenso trug er einen Bündel gedörrter Früchte, damit die Eselin nicht zu sehr überladen wäre. Seitens Mirthas, auf der Gegenseite, damit das Gleichgewicht des Sattels hergestellt sei, war ein Körbchen angebracht, darin ein Bettlein war, daß man das Kind, wenn es für Mirtha zu schwer würde und derselben die Arme weh täten, hineinlegen könne. Über das Körbchen war ein Schirmtuch zu spannen.

Die Eselin ging geduldig und gehorsam in dem Sande, der ihre Hufe röstete. Abdias reichte ihr mehrmals Wasser, auch mußte sie einmal, da die mitgenommene Milch in der Hitze des Tages sich zu säuern begann, für Ditha gemolken werden.

So zog man fort. Die Sonne senkte sich nach und nach dem Rande der Erde zu. Mirtha redete nichts, da sie den Mann Abdias haßte, weil er sein Weib umgebracht hatte. Er schwieg auch beständig und ging vor der Eselin her, daß ihm die Haut von den wunden Füßen hing. Zuweilen sah er nur in das Körbchen hinein, in welchem das Kind schlief, und sah, ob noch der Schatten auf dem Gesichtchen desselben wäre.

Als es Abend wurde und die Sonne als eine riesengroße blutrote Scheibe an dem Rande der Erde lag, die sich gleichfalls als ein vollkommenes flaches Rund aus dem Himmel schnitt, wurde haltgemacht, um die Nachtruhe zu genießen. Abdias breitete ein großes Tuch aus, welches unter dem Sattel auf dem Rücken der Eselin lag, ließ sich Mirtha auf das Tuch setzen, stellte das Körbchen mit dem Kinde daneben, und gab den weißen Mantel her, daß sich beide damit zudecken könnten, wenn die Nacht gekommen wäre und sie schlafen würden. Dann tränkte er die Eselin und legte ihr Heu vor, auch einige Händevoll Reis hielt er in Bereitschaft, um sie ihr später zu geben. Hierauf packte er seine Kochvorrichtungen aus, das heißt eine Weingeistlampe, eine Wasserkanne und den Brühestoff. Als er angezündet, Wasser gehitzt und die Suppe bereitet hatte, gab er Mirtha zu essen, aß selber, trank von dem schlechten lauen Wasser des Schlauches und gab Mirtha zu trinken. Zum Nachtische wurden einige der getrockneten Früchte aus dem Sacke genommen. Da alles dieses geschehen war, legte sich Mirtha zur Ruhe, beschwichtigte das im ganzen heutigen Tage erst jetzt zum ersten Male weinende Kind, und in kurzem schliefen beide fest und gut. Abdias benützte, als er gegessen hatte, den noch kleinen Überrest der Tageshelle, um einige von den Goldstücken, welche er gestern aus dem Sande ausgegraben hatte, in die Pistolenhalfter und in den Sattel, der einige kleine Höhlungen in dem Holze hatte, zu tun und zuzunähen. Er tat die Münzen in gehöhlte Stellen, wo sie sich nicht rühren und nicht klappern konnten, und heftete alte Lederflecke darauf, oder er trennte hie und da das schon vorhandene Flickwerk und schob die Geldstücke hinein, worauf er das Getrennte wieder herstellte. Als bei diesem Geschäfte die Nacht hereinbrach und schnell ihre in jenen Ländern so tiefe Dunkelheit auf die Erde breitete, legte er alles seitwärts und rüstete sich zur Ruhe. Er breitete vorerst noch ganz einhüllend den Mantel über Ditha und Mirtha, daß sie von den giftigen Dünsten der Wüste beschützt würden. Sodann legte er sich selber auf den bloßen Sand nieder, den Kaftan, den er ausgezogen und mit dem er sich zugedeckt hatte, über sein Gesicht ziehend. Um den einen Arm hatte er den Riemen der Eselin geschlungen, welche müde war und sich gleichfalls schon in dem Sande niedergelegt hatte. An dem andern lagen handrecht zwei Pistolen, jede vierläufig, die untertags in dem Halfter gesteckt waren, und die er auf alle Fälle zu sich nahm, obwohl in diesem weiten Sande weder Tiere und kaum auch Menschen zu fürchten waren.

Die Nacht verging ruhig, und mit Anbruch des nächsten Tages wurde die Reise fortgesetzt. Abdias war, als sich der erste Saum des leeren Himmels in Osten anzündete, aufgestanden, hatte das Heu und die Lappen, die er auf das Riemwerk gebreitet hatte, daß es sich nicht nässe und dann in der Hitze leide, weggeräumt und gesammelt, worauf er dann Kola, die Eselin, sattelte und alle die andern Dinge an ihren Platz tat. Nachdem er und Mirtha gegessen hatten, und Ditha mit der Milch des Tieres getränkt worden war, brach man auf.

Ehe noch ein kleiner Teil dieses ihres zweiten Reisetages vergangen war, standen schon die blauen Berge, Abdias nächstes Ziel, sehr groß und deutlich an dem Rande der Wüste, aber sie standen stundenlange so klar und deutlich da, ohne daß es schien, daß man sich ihnen nur zollbreit genähert hätte. Abdias hatte für seinen Zweck mit Absicht einen Weg eingeschlagen, der zwar ein bedeutend längerer war, als jeder andere, aber den Vorteil hatte, daß er kürzere Zeit in der Wüste führte, indem er nur eine Bucht derselben durchschnitt und gegen die benannten blauen Gebirge zulief. Abdias hatte dieses getan, um die Wüstenluft zu vermeiden, die Mirtha und Ditha noch nie geatmet hatten. Aber nicht bloß durch einige Stunden standen die wunderschönen blauen lockenden Berge aufrecht vor ihnen am Rande der Ebene, gleichsam zum Greifen nahe, sondern sie standen den ganzen Tag so, obwohl man sich ihnen in gerader Richtung näherte, und änderten weder ihre Farbe noch ihre Größe. Erst da das kurze Abenddämmern jenes Himmelsstriches kam, erreichte man zwar nicht sie selber, wohl aber ein grünes Eiland, gleichsam ein Vorland derselben, auf welchem für Kola, die Eselin, frische Pflanzen, für alle drei aber eine klare Quelle war. Als man sich auf die Insel begeben und dort, was sie bot, namentlich das kühle Wasser, genossen hatte, zog Abdias die Reisegesellschaft wieder zurück gegen die Wüste, und ließ sie auf einem Platze zum Nachtlager stillehalten, auf welchem Sand war und Disteln und Kaktuspflanzen in großen Zwischenräumen zerstreut standen. Er tat dieses des Taues willen, der auf Wüsteninseln in sehr großer Menge zu fallen pflegt, und für diejenigen, die dort unter freiem Himmel schlafen, ungesund ist. Er machte genau die nämlichen Vorbereitungen wie in der vergangenen Nacht, und verbarg den noch übriggebliebenen Rest der Goldstücke in jene Stellen des Sattels, der Gurten und des andern Geschirres der Eselin, welche zu diesem Zwecke noch da waren. Einen Teil des Goldes aber steckte er zu sich in verschiedene Fächer seiner Kleider, daß, wenn Räuber über ihn kämen, sie dasselbe fänden, und in der Meinung, daß es sein gesamtes Geld sei, nicht weiter suchten. Wie in der vergangenen Nacht, legte er sich wieder auf den bloßen Sand und schlief.

Da der Morgen dämmerte, wurde er, der heute viel besser geschlafen hatte als gestern, durch seltsame Töne geweckt. Es war ihm, als träumte er sich um dreißig Jahre zurück, als läge er mit seinem Haupte wieder an dem Halse seines Kameles und höre das Schnaufen desselben mitten in der ringsum ruhenden Karawane liegend. Er rieb sich seine von dem feinen Wüstensande schmerzenden Augen, und da er sie öffnete, sah er wirklich ein Kamel vor sich stehen, das der Morgenglut der Wüste entgegenschnaufte, und seinen kleinen Kopf hochgehoben hatte. Auch einen Mann erblickte er, einen Schlafgenossen, den sie in der Nacht bekommen haben mußten. Derselbe lag auf dem Boden im tiefsten Schlafe begraben, und den Riemen des Kameles um seinen Arm geschlungen, wie es Abdias gerne machte. Abdias sprang empor, ging näher gegen die Gruppe der zwei Wesen, die in einer kleinen Entfernung von ihm war, und da er hinzugekommen, traute er seinen Augen kaum – es war der furchtbar abgehetzte Knabe Uram, der da vor dem Kamele auf dem Boden lag. Derselbe schlief auf dem Rücken liegend und das Antlitz gerade gegen den Himmel emporzeigend. Dieses Antlitz, das sonst so jugendlich heiter und frisch war, war aber jetzt so entstellt, als sei der Knabe in diesen zwei Tagen um zehn Jahre älter geworden. Als ihn Abdias aufgeweckt hatte und die inzwischen aufgestandene Mirtha auch herzugekommen war, erfuhr man den Zusammenhang der Sache. Da der Knabe die Herde gefunden und unter den vielen Tieren, die den Bewohnern der Trümmerstadt gehörten, die des Juden Abdias gezählt, und um keine Irrung zu begehen, noch einmal gezählt hatte, ging er wieder nach Hause, indem er auf dem Wege das Brod und die Datteln aß, die er sich als Mittagsmahl mitgenommen hatte, und die herausbekommene Zahl, damit er sie nicht vergäße, immer wiederholte. Zu Hause, wo er Nachmittag angekommen war, habe er seinen Herrn Abdias gesucht – er suchte ihn in allen Gewölben, in dem Stalle, bei dem Heue, bei den Zisternen, an der Aloe – und fand ihn nicht; erst, als er auch bemerkte, daß Mirtha und Ditha ebenfalls fehlen, und die Eselin auch nicht da sei, sei ihm Abdias' Auswanderung klar geworden. Er habe nun dem Juden Gad ein Kamel gestohlen und sei nachgejagt. Zuerst hat er die Spuren der Eselin gesucht, und dieselben wirklich in den Tälern zwischen den Trümmern gefunden, wie sie in Umwegen gegen die Wüste hinausgingen. Dann erst hat er das Kamel genommen, ist daraufgestiegen, und zu dem Punkte in aller Schnelligkeit hingeritten, wo die Spur in die Wüste mündete. Allein so deutlich die Tritte des Hufes, dessen kleine Gestalt er recht gut kannte, in dem Trümmerwerke und vorzüglich auf lockerem Grasboden waren, so sehr waren sie in dem weichen Sande der Wüste verschwunden. Er sah gar nichts mehr, das einem Tritte ähnlich war, sondern nur die feinen Schneiden des gewehten Sandes, und da mußte er gegen die mutmaßliche Richtung zu beiden Seiten immer hin und her jagen, ob er auf der fahlen Fläche, die da schimmerte und noch unzählig viele andere Sternchen und Flimmerchen hatte, die glänzten, nicht einen schwarzen Punkt sähe, der die Hinziehenden vorstelle, oder etwa zufällig die Reisespuren wiederfände. Dann sei er so durstig geworden und so erhitzt, daß er nichts mehr sehen konnte, weil der Boden vor seinen Augen zu wallen angefangen habe. Hierauf habe er sich mit beiden Händen an dem Kamele gehalten, weil es doch viel stärker gewesen sei, als er – und dieses sei heute nachts geraden Weges hierhergerannt. Es muß die Reisenden oder die Quelle gewittert haben; denn es hat, ehe sich beide zur Ruhe begeben, eine ungeheure Menge Wasser aus der Quelle getrunken.

Abdias streichelte die Haare und das Angesicht des Jünglings und sagte, er dürfe nun schon bei ihm bleiben. Dann bereitete er die Suppe und gab ihm zu essen. Auch von den Früchten reichte er ihm einen kleinen Teil und sagte, er solle wenig essen, daß es ihm nicht schade; denn nach seiner Rechnung mußte der Knabe an fünfzig Stunden nichts genossen haben. Dann ließ Abdias die beiden Tiere, das Kamel und die Eselin, von dem frischen Futter, welches auf der Insel war, so viel fressen, als er glaubte, daß ihnen zuträglich sei, die eigentlich mehr an das trockene Futter gewohnt waren. Von diesem trockenen Futter bekamen sie dann noch einen geringen Rest; denn es mußte jetzt geschont werden, weil Uram gar keinen Vorrat mit sich genommen hatte, und das Land und die Gebirge noch ferne waren, wo man wieder einen bekommen konnte.

»Hast du denn nicht daran gedacht, daß das Kamel

matt werden und dich nicht mehr weiter tragen könnte, ehe du uns fändest?« fragte Abdias.

»Freilich habe ich daran gedacht«, antwortete der Knabe, »deshalb habe ich es so lange trinken lassen, als es nur wollte, ehe ich fortritt, auch habe ich ihm von den Körnern zu fressen gegeben, die in unserer Wohnung lagen, und wovon du einen Teil ausgeschüttet hast.«

»Hast du einem unserer Nachbarn gesagt, daß du die Meinung gefaßt hast, daß ich fortgezogen sei?« fragte Abdias weiter.

»Nein, ich habe keinem Menschen ein Wort gesagt, daß sie uns nicht nachfolgen, und uns etwa finden«, sagte der Knabe.

»Gut«, antwortete Abdias, indem er an der Aufzäumung der Eselin weiterarbeitete.

Uram hatte indessen die elende Ausrüstung, die das Kamel hatte, in den Stand gesetzt, dessen sie fähig war. Man traf die Verabredung, daß Abdias und der Knabe, je nachdem einer oder der andere von ihnen müder würde, in der Benützung des Kameles abwechseln sollten. Mirtha und Ditha wurden auf der Eselin untergebracht, wie gewöhnlich. Als alles in Ordnung war, brachen sie auf.

So zog nun die auf diese Weise vergrößerte Reisegesellschaft weiter, und wie die ersten zwei Tage gewesen waren, waren alle folgenden. Nachdem man von der Insel weg noch drei volle Tage gezogen war, kam man erst in fruchtbares Land und in das gegen sie heranschreitende Gebirge. Abdias hatte hier in ein einziges schlechtes Dorf abgelenkt, um sich dort mit allem Nötigen zu versehen, was man brauchte, und was auszugehen drohte. Dann bog er wieder gegen die Einöden ab, die hier ganz anders waren, als in der Wüste, aber gewiß nicht minder schön, erhaben und furchtbar. Die Menschen, Hütten und Dörfer meidend zog man weiter, entweder durch Schluchten, oder auf einsamen Bergrücken, oder gegen sachte steigendes mit würzigem Grase versehenes Staffelland. Die Vorsichten, welche man im Weiterziehen und hauptsächlich beim Nachtlager anwendete, waren jetzt weit mehr als in der Wüste. Abdias hatte auch den Knaben bewaffnet; denn er hatte in dem Rüstzeuge der Eselin weit mehr Waffen in Fächern angebracht, als die zwei vierläufigen Pistolen, die er bisher in der Wüste bei seinem Nachtlager immer an seiner Seite gehabt hatte. Er trug jetzt bei Tage vier Pistolen in seinem Gürtel und hatte einen schuhlangen Dolch in der Gürtelscheide stecken. Dem Knaben gab er drei Pistolen, und ebenfalls einen Dolch. Jeden Morgen wurden die Ladungen neu untersucht und neu gemacht. Bei der Nachtruhe lagen die Pistolen neben den Schlafenden; die Kleider blieben, wie natürlich ist, auf dem Leibe. Auch wurde jetzt alle Nacht zur Verscheuchung der Löwen und anderer Tiere ein Feuer gemacht, wozu die Brennstoffe mühselig unter Tag gesammelt, und auf dem Kamele weiterbefördert wurden. Zur Unterhaltung des Feuers und zur Wache mußten Abdias und der Knabe abwechseln, und immer einer aufrecht an dem Feuer sitzen und herumschauen.

Aber es traf keine der gefürchteten Gefahren ein. Die Nächte vergingen still und lautlos, mit den feurigen scharfen Sternen aus dem dunkelblauen Himmel jenes Landes herniederschauend; die Tage waren schimmernd und heiter, und jeder so schön und wolkenlos, oder scheinbar noch schöner und klarer, als sein Vorgänger. Die Glieder der Gesellschaft waren wohl, die kleine Ditha war gesund, und die freie Luft, welche immer unter dem Tüchelchen ihres Körbchens strich, rötete ihre Wänglein, wie an einem zarten Apfel. Man hatte auf dem Zuge weder Menschen noch Tiere gesehen, manchen einsamen Adler ausgenommen, der zuweilen, wie sie weitergingen, hoch ober ihnen in den leeren Lüften hing. Es hatte sie ein schönes Glück geleitet, gleichsam als zöge ein glänzender Engel über ihren Häuptern mit.

Am frühen Morgen des neunundzwanzigsten Tages ihres Zuges, da sie über eine strauchlose sachte ansteigende Fläche zogen, riß plötzlich die Farbe des Landes, die lieblich dämmernde, die sie nun so viele Wochen gesehen hatten, ab, und am perlenlichten Morgenhimmel draußen lag ein unbekanntes Ungeheuer. Uram riß die Augen auf. Es war ein dunkelblauer, fast schwarzer Streifen, in furchtbar gerader langer Linie sich aus der Luft schneidend, nicht wie, die gerade Linie der Wüste, die in sanfter Schönheit, oft in fast rosenfarbner Dämmerung unerkennbar in dem Himmel lag; sondern es war wie ein Strom, und seine Breite stand so gerade empor, als müßte er augenblicklich über die Berge hereinschlagen.

»Das ist das Mittelmeer«, sagte Abdias, »jenseits dessen das Land Europa liegt, in welches wir ziehen.«

Seine zwei Gefährten staunten das neue Wunderwerk an, und je weiter sie kamen, desto mehr entfaltete sich der vorher schmal scheinende Strom, Farben und Lichterspiele waren auf ihm, und am Mittage desselben Tages, als sie an dem Rande des Tafellandes angekommen waren, riß die feste Erde jäh ab, sie stürzte vor ihnen hinunter, und legte in der Tiefe die Fläche des Meeres vor ihre Füße. Ein dunkler waldreicher Streifen der afrikanischen Küste lief an dem nassen Saum hin, eine weiße Stadt blickte aus ihm auf, und unzählige weiße Punkte von Landhäusern waren in dem Grün zu sehen, gleichsam Segel, die aus dem Grün ebenso wie die andern aus dem schreckhaft dunklen Blau des Meeres leuchteten.

So schön ist der Scheidegruß, den das traurige Sandland seinem Sohne nachruft, der es verläßt, um die feuchten Küsten Europas aufzusuchen.

Abdias stieg mit den Seinigen in die Stadt hinunter, aber nicht in der eigentlichen Stadt hielt er sich auf, sondern weiter draußen, wo ein weißer Damm in die blauen Wogen lief, viele Schiffe standen, und ihr Stangenwerk, wie die Äste eines dürren Waldes, in die Lüfte hoben. Hier mietete er sich in ein Häuschen ein, um zu warten, bis ein Schiff reisefertig wäre, nach Europa zu gehen, und ihn mitzunehmen. Er ging fast gar nicht aus, außer wenn er sich in dem Hafen erkundigte, und Uram blieb immer bei ihm. Das Kamel hatten sie verkauft, weil es ihnen fortan unnütz war, die Eselin aber mußte in dem Häuschen untergebracht werden. So lebten sie sehr abgeschieden drei Wochen, bis eines Tages ein Schiff ausgerüstet war, und im Begriffe stand, nach Europa abzugehen, und zwar nach dem Punkte, wohin Abdias am meisten zielte. Er hatte mit dem Herrn desselben eine Übereinkunft getroffen, und infolge derselben schiffte er sich mit dem Kinde, mit Uram und mit der Eselin auf das Fahrzeug ein. Mirtha hatte ihn einer Liebe halber, die sie in der weißen Stadt gefunden hatte, verlassen, und war nicht zu bewegen gewesen, ihm zu folgen. Auch eine andere Wärterin hatte er nicht bekommen; denn wie große Anbote er auch machte, die er in Europa zahlen wollte, sobald sie angekommen sein würden, mochte doch keine einzige mit ihm gehen, weil sie ihm nicht traute. Selbst auf das Schiff, wo er dann Geld zu zahlen versprach, folgte ihm keine, und auf dem Lande Geld zu zeigen, hielt er selber nicht für gut; auch wußte er recht wohl, daß es nur dazu gedient hätte, daß ihn dann nur ein solches Weib verraten hätte, ohne doch mitzugehen, weil er diese Leute kannte, daß sie an ihrem Flecke Aufenthaltes, wie schlecht er sei, haften, und in keinen andern, am wenigsten in das verdächtige und gehaßte Europa gehen, wo die Ungläubigen wohnen. Also stieg er allein mit Uram zu Schiffe.

Als endlich der Zeitpunkt der Abfahrt gekommen war, und als sie beide auf dem schwimmenden Hause standen, wurden nun die großen eisernen Anker aus dem Wasser hervorgezogen, die Waldesküste begann vor ihnen zu schwanken und zurückzusinken. Wie sie immer mehr hinausrückten, kam weiter unten noch ein Küstenstrich zum Vorscheine, aus welchem das weiße Haus Meleks leuchtete. Abdias schaute darauf hin, aber wie der Streifen der Küste immer weiter und weiter zurückwich, das Land endlich gleichsam wie ein törichtes Märchen eingesunken war, und um das ganze Schiff sich nichts regte, als die Wellen, wie unzählige glänzende Silberschuppen: saß er nieder und versenkte die Augen in die Züge seines Kindes.

Das Schiff ging nun fort und fort – und er saß und hielt das Kind in seinen Armen. Sooft diejenigen, die noch mitreiseten, hinblickten, sahen sie dasselbe Bild des Mannes, wie er saß und das Kind auf seinen Armen hielt. Er stand bloß dann auf und ging abseits, wenn er es nährte, oder reinigte, oder den Lappen, in die es eingewickelt war, eine andere Lage gab, daß es leichter liege. Uram lag zwischen hingeworfenen hölzernen Geräten und neben einem gerungenen kreisförmigen Haufen von Tauen.

Es gibt Menschen, die vielerlei lieben und ihre Liebe teilen – sie werden von vielen Dingen sanft gezogen: andere haben nur eines, und müssen das Gefühl dafür steigern, daß sie die übrigen tausend linden Seidenfäden des Wohles entbehren lernen, womit das Herz der erstern täglich süß umhüllet und abgezogen wird.

Abdias und Uram waren immer auf dem Verdecke. Die Fahrt war sehr schön, der Himmel stets heiter, und ein sanfter Zug spielte in den Segeln. Wenn ein Wölklein an dem Himmel erschien, sahen die Reisenden darauf hin, ob es nicht einen Sturm bringen werde – aber es brachte keinen, das Wölklein verschwand immer wieder, ein Tag war so ruhig wie der andere, die Wellen waren klein als dienten sie bloß, die Fläche, die sonst eben wäre, zu unterbrechen und heiter zu beleben – – und so lag eines Nachmittags die schimmernde freundliche Küste Europas auf dem blauen Wasser – die Küste Europas, nach welchem Lande Abdias sich einst gesehnet hatte. Mit schmeichelnden Wogen trug der Ozean das Schiff, während die Sonne gemach nach Westen sank, dem nördlichen Lande immer näher und näher – ein glänzender

Punkt nach dem andern hob sich aus der dunkeln Fläche, leuchtende Streifen standen endlich aufwärts, und als die Sonne zuletzt hinter den Westrand gesunken war, lag ein ganzer Gürtel von Palästen um die schwarze Bucht geschlungen.

Das Schiff mußte nun vor seinen Ankern liegend harren, und seine Menschen und seine Sachen behalten, bis die Zeit um wäre, in der es sich zeigen sollte, daß es keine böse Seuche gebracht habe.

Als nun diese Zeit vergangen war, und die Menschen und die Waren gelandet wurden, wunderten sich einige, und andere lachten, als ein hagerer häßlicher Jude über das Brett des Bootes schritt, statt Päcken von Waren ein kleines Kind an seinem Busen tragend, und wie hinter ihm ein fast nackter gelenker Knabe, gleichsam ein schönes dunkles Erzbild folgte, eine halb verhungerte Eselin nach sich ziehend: – auf allen dreien lag dasselbe Grau der Wüste und der Ferne, wie auf den Tieren der Wildnis eine fremde verwitterte Farbe zu liegen pflegt. – Einen Augenblick staunten die vielen, die da standen und zuschauten, die Fremdlinge an – im nächsten waren dieselben von dem Strome des menschenwimmelnden Weltteiles verschlungen und in seinen Wogen fortgeführt. Das Bild zeigte wieder sonst nichts, als was es den ganzen Tag zeigt: eine unruhige durcheinandergehende Menge, die nach ihrem Vorteil, nach ihrer Lust oder nach andern Dingen rennt, umstanden von den ruhigen, großen, glänzenden, oft prachtvoll gebauten Häusern.

Wir aber wollen den fremden Ankömmlingen einen Augenblick vorauseilen, um die Stelle anzuzeigen, wo wir sie wiederfinden werden.

Es liegt ein sehr vereinsamtes Tal in einem fernen und abgelegenen Teile unsers schönen Vaterlandes. Sehr viele werden das Tal nicht kennen, da es eigentlich nicht einmal einen Namen hat, und, wie wir sagten, so sehr vereinsamt ist. Es führt keine Straße durch, auf der Wägen und Wanderer kämen, es hat keinen Strom, auf dem Schiffe erschienen, es hat keine Reichtümer und Schönheiten, um die Reiselust zu locken, und so mag es oft Jahrzehente daliegen, ohne daß irgendein irrender Wanderer über seinen Rasen ginge. Aber ein sanfter Reiz der Öde und Stille liegt darüber ausgegossen, ein freundlich Spinnen der Sonnenstrahlen längs der grünen Fläche, als schienen sie mit vorzugsweiser Liebe und Milde auf diesen Ort, da er gegen Mitternacht durch einen starken und breiten Landrücken geschützt ist, und so die Strahlen günstig aufnimmt. Zur Zeit, da sich das zutrug, was wir hier erzählt haben, war das Tal ganz und gar unbewohnt: jetzt steht ein nettes weißes Haus auf seinem Weidegrunde, und einige Hütten ringsherum, sonst ist es noch fast öde wie vorher. Einst war nur der weiche Rasengrund, beinahe ganz ohne Bäume, nur hie und da von einem grauen Steinblocke unterbrochen. Der Rasengrund schwingt sich zu einer sanften Wiege herum, die, wie wir sagten, gegen Mitternacht durch einen ansteigenden Landrücken geschlossen ist, auf dessen Höhe ein Föhrenwald, wie ein mattes Band am Himmel hinzieht; im Mittage aber hat es eine Aussicht, die durch das hereinschauende Blau entfernter Berge umschlungen ist. Sonst bietet die Wiege auf ihrem Grunde nichts dar, als das Grün des Bodens und das Grau der Steine; denn die schmale Schlange des Baches, der in ihrer Tiefe fließt, ist dem betrachtenden Auge von mäßiger Entfernung aus nicht mehr sichtbar.

An der Mitternachtseite dieses Tales, jenseits des Föhrenwaldes, beginnen wieder die von Menschen gepflegten Gegenden, namentlich stehen die Felder gerne in großen Strichen hin mit der blauen Blume des Flachses bepflanzt. Auch gegen Mittag in nicht gar großer Entfernung sind wieder bebaute Fluren. Nur die Talwiege, wie das oft bei Landbebauern geschieht, weil sie in der Tat dem Anbauer größere Hindernisse entgegensetzte, stand im Rufe der gänzlichen Unfruchtbarkeit. Es ward nie ein Versuch gemacht, zu ergründen, ob sich dieser Ruf bestätige, sondern man nahm ihn von vornehinein als wahr an, und so lag die Wiege Jahrhunderte hindurch unbenützt da. Es ging nur ein sehr schmaler, an den meisten Stellen bloß durch das niedergetretene Gras erkennbarer Pfad durch das Tal, auf welchem Pfade regelmäßig im Frühlinge und Herbste einzelne Bewohner eines ziemlich entfernten Bergdorfes zu einer weit jenseits des Tales liegenden Gnadenkirche pilgerten, weil zur Kirche durch das unfruchtbare Tal der nächste Weg ging.

Als Abdias in sehr vielen Ländern Europas herumgewandert war, um eine Stelle zu finden, an der er sich niederlassen könnte, und zufällig auch in das oben beschriebene Tal kam, beschloß er sogleich, hier zu bleiben. Was die meisten abgeschreckt hatte, das Tal zur Wohnung zu nehmen, die öde und Unfruchtbarkeit: das zog ihn vielmehr an, weil es eine Ähnlichkeit mit der Lieblichkeit der Wüste hatte. Vorzüglich erinnerte ihn unsere beschriebene Wiege an einen Talbogen, der im Grase Mossuls seitwärts jener Stelle herumging, an der der Sage nach die uralte Stadt Ninive gestanden haben soll. Der Talbogen hatte ebenfalls wie unsere Wiege nur Gras ohne Bäume, nur daß in dem Talbogen Mossuls auch nicht einmal graue Steine aus dem Grase herausragten und die einzige dämmernde Farbe desselben unterbrachen, und daß auch kein so schönes Bergesblau hereinblickte, wie in unsere Wiege.

Abdias hatte sich von mehreren Fürsten und Herren Briefe verschafft, welche ihm erlaubten, in ihren Ländern zu reisen und sich in denselben aufzuhalten. Er hatte auch einen Handelsfreund, den er bisher nicht von Angesicht, sondern nur durch Briefe gekannt hatte. Er suchte denselben auf, und verabredete mit ihm den Plan, daß, wenn er sich gerne einen Fleck Landes erwürbe, auf dem er seine künftige Wohnung gründen möchte, der Handelsfreund dazu den Namen geben würde, als hätte er selber das Land gekauft, als bebaute er es selber, als führe er eine Wohnung auf, und als ließe er nur gegen Entgelt den Juden im Genusse aller dieser Dinge. Um den noch möglichen Mißbrauch des Kauf- und Eintragbriefes zu vermeiden, würde Abdias seinen Freund durch eine ausgestellte Gegenforderung gleichen Wertes binden, die er gegen denselben geltend machen könne. Als er in das öde Tal gekommen war, beschloß er, da zu bleiben, sich ein Haus zu bauen, etwas Felder anzulegen und sich einzurichten. Er nahm sich deshalb vor, den noch übrigen Rest der Goldstücke aus dem Riemzeuge der Eselin zu lösen, und die englischen Papiere, welche so gut in den wasserdichten Wachsseidentäschchen verborgen waren, aus seinem Kaftan zu schneiden. Er wollte alles recht wohl herrichten, und in Gang bringen, damit, wenn er nach Afrika reiste, um Melek ein Messer in das Herz zu rennen – und wenn er etwa dabei erwischt und umgebracht würde, Ditha versorgt sei. Er mußte sie vorher auch ein bißchen erziehen, daß sie groß genug wäre, und sich schon selber forthelfen könne, wenn er nicht mehr erschiene.

Es wunderten sich die Bewohner des entfernten Bergdorfes, als einmal einer durch das unfruchtbare

Tal zu der Gnadenkirche wallfahrten ging, und die Nachricht zurückbrachte, daß an einem Platze des Tales das Land aufgerissen sei, und Balken und Steine, und Vorrichtungen herumlägen, als würde hier zu einem Häuserbaue geschritten. Und wie wieder einmal ein anderer zu der Kirche ging, stand schon Mauerwerk und es arbeiteten Leute daran. Ein fernerer brachte Nachricht von dem weiteren Fortschreiten des Baues, manche gingen nur dieser neuen Sache wegen in die Kirche, da sie sonst vielleicht zu einer andern Zeit gegangen sein würden – man redete davon, bis endlich ein blankes weißes Haus von mäßiger Größe aus dem Grün des Bodens schimmerte, und daneben der Anfang eines Gartens gelegt wurde. Auf die Fragen, wie und was das sei, kam immer die Antwort: ein fremder, absonderlich und seltsam aussehender Mann lasse das alles bauen und habe den Grund daneben gekauft.

Als das weiße Haus einmal länger stand, als der Garten fertig war und die hohen festen Planken um denselben herumliefen, gewöhnten sich die seltenen Vorübergehenden daran, als an ein Ding, das einmal so sei, insbesondere da der Besitzer nie zu ihnen hinauskam, und mit ihnen redete, sie also auch nichts von ihm zu reden hatten – und sie sahen die Dinge so an, wie die Steine, die hie und da aus dem Grase hervorstanden, oder wie die Gegenstände, die zufällig an dem Wege lagen.

Abdias ging nun daran, da das Mauerwerk fertig und nach dem Rate seines Bauherrn vollständig ausgetrocknet war, das Innere des Hauses einzurichten. Er ließ doppelte Riegel hinter alle Türen machen, er ließ starke Eisengitter vor die Fenster stellen, und er ließ statt der früheren Planken sogar noch eine hohe feste Mauer um den Garten führen. Dann kamen Geräte, wie sie in Europa gebräuchlich waren, und darunter mischte er Einrichtungen, wie er sie in Afrika gehabt hatte; er legte nämlich überall Teppiche nicht bloß auf den Boden, sondern auch auf solche Geräte, die für keine verfertigt waren, er machte aus Teppichen und weichen Fellen, die er kaufte, Betten zum Ruhen, und daß man darauf in der Kühle der Zimmer sitzen könne. Um diese Kühle zu erzeugen, ließ er, wie er es ebenfalls in Afrika gelernt hatte, Gemächer mit sehr dicken Mauern verfertigen, in den Gemächern hatte er nur in großen Zwischenräumen ein paar kleine Fenster, die doppelte gegliederte Fensterbalken der Art hatten, daß ihre Dächelchen übereinandergelegt, oder zur Hereinlassung von mehrerem Lichte waagrecht gestellt werden konnten. Er hatte diese Balken in Europa kennengelernt, und wendete sie statt der Myrten an, welche in der Wüstenstadt sein oben gelegenes Fenster umrankt und überwuchert hatten, daß die brennenden Strahlen der dortigen Sonne nicht eindringen konnten. Die kleinen Fenster der Gemächer aber gingen nicht unmittelbar in die freie Luft, sondern in einen andern Raum, der ebenfalls eine Art Gemach oder Vorhaus bildete, und durch dicke Türen und ebenfalls durch gegliederte Fensterbalken zu schließen war, damit die Strahlen der Sonne und der Durchzug der äußern heißen Luft abgehalten würden. Lauter Anstalten, die er in Europa nicht nötig hatte. Was ihn schier am meisten freute, war ein Brunnen, den ihm ein Meister an einem stets schattigen Teile seines eigenen Hofes gemacht hatte, wo man nur an einem Metallknopfe hin und her zu ziehen brauchte, daß kristallhelles eiskaltes Wasser in das steinerne Becken herausfloß. Anfangs wollte er das häufige Ziehen nicht zulassen und den großen Verbrauch des Wassers hindern, daß es nicht vielleicht zu schnell zu Ende gehe, aber da das Wasser durch zwei Jahre unvermindert und gleich frisch dem Zuge des Metallknopfes folgte, erkannte er, daß hier ein Schatz sei, den man nicht leeren, den sie hier nicht schätzen können, und den man in der Wüstenstadt für das höchste Gut gehalten hätte. Überhaupt waren er und Uram in der ersten Zeit ihres Wanderns in Europa über die prächtigen Quellen, die es hat, entzückt, wunderten sich, wie die Leute, die da leben, sich nichts daraus machten, und tranken oft, vorzüglich, wenn sie im Gebirge waren, und ein recht glasklarer Strahl aus Steinen hervorschoß, mit Lust und dem Wasser zu Ehren, selbst wenn sie nicht durstig waren. Sie priesen die Wässer des Gebirges vor denen der Ebene, wenn ihnen auch das Gebirge selber nicht besonders gefiel, da es sie beengte und ihnen die Weite und Unendlichkeit benahm, an die sie gewohnt waren. Im Garten, den er bereits mit einer hohen Mauer umfangen hatte, war aber noch nichts, als Gras; allein auf künftigen Schatten bedacht, ließ er Bäume pflanzen, und nahm sich vor, sie selber zu pflegen und zu betreuen, daß sie schnell wüchsen, und doch in wenigen Jahren schon Schatten auf den Rasen und auf die weiße Mauer des Hauses würfen. Für eine Abteilung, wo Gemüse und andere nützliche Dinge wüchsen, würde er in der Zukunft schon sorgen, jetzt müsse er, dachte er, nur das Notwendigste zuerst in den vollkommenen Stand setzen.

Die inneren Gemächer waren nun alle eingerichtet, das Haus war fertig, und von außen gegen Angriffe geschützt. Diener und Dienerinnen hatte er von dem Volke seines Glaubens bekommen.

Als der ganze Bau in wohnlichem Zustande war, wozu er beinahe drei ganze Jahre gebraucht hatte, ging er daran, ihn zu beziehen. Er nahm Ditha aus dem hölzernen Häuschen, welches mit doppelten Holzwänden für das Kind und ihn als Notwohnung errichtet worden war, heraus, und ließ es in die steinerne Wohnung in das für dasselbe eigens eingerichtete Gemach tragen. Er folgte, indem er die ganz wenigen Dinge, die er in dem Holzhäuschen gehabt hatte, mit sich nahm. Das Häuschen wurde nun sofort abgerissen.

Ein Ziel, welches er in dem Lande Europa angestrebt hatte, hatte er nun erreicht, nämlich einen Wohnplatz. In diesem saß er nun mit Ditha ganz allein; denn Uram war schon im Verlaufe des ersten Jahres ihrer europäischen Wanderung, obwohl er vermöge seiner Jugend alles, was ihm aufgestoßen war, mit Neugierde und oft mit Entzücken betrachtet hatte, an dem fremden Klima verschmachtet. Abdias saß mit Ditha allein. Dieser wollte er nun alle Aufmerksamkeit zuwenden, daß sie, wie er sich vorgenommen hatte, ein wenig erzogen würde, indem er bisher, da er eine Wohnung für sie baute, nicht viel Zeit gehabt hatte, sich nach ihr umzusehen, und auch die Diener, die ihr beigegeben worden waren, sie bloß nährten, pflegten und schützten, und im andern sie liegen ließen, wie sie nur wollte. Sie war aber übrigens in ihrem Körperchen gesund und blühend. Und so lag sie nun vor ihm da, ein ehrwürdig Rätsel, aus seinem Wesen hervorgegangen, und einer unbekannten Enthüllung harrend.

Abdias ging nun mit demselben Eifer, mit dem er bisher alles betrieben hatte, daran, sich mit Ditha zu beschäftigen, obwohl er eigentlich nicht wußte, wie er es anfangen sollte, sie zu entfalten und vorwärtszubringen. Er hielt sich schier immer in ihrem Zimmer auf. Er berührte sie, er redete mit ihr, er setzte sie in ihrem Bettchen auf, er setzte sie auf den Teppich des Fußbodens, er stellte sie auf ihre Füße, er versuchte ob sie gehen könne, er wollte sehen, ob sie nicht eine kleine Strecke laufe, wenn er ihr einen lockenden Gegenstand vorhalte, und sehr viele Dinge dergleichen Art: aber sehr bald sah er, daß das Mädchen nicht sei, wie es sein sollte. Er gab die Schuld auf die zwei Dienerinnen, die er in Europa bloß zu dem einzigen Dienste für Ditha genommen hatte, und welche nur für ihren Körper gesorgt hatten, daß er gesund sei und gedeihe, für die sonstige Entwicklung aber nichts getan zu haben schienen.

Das Kind war jetzt schon um vier Jahre herum alt, aber es hatte nicht die Art und Weise eines vierjährigen Kindes. Sein Angesichtchen war unsäglich lieb und schön, und es entfaltete sich täglich mehr als das reizende Ebenbild des Vaters, wie er aussah, da er noch jung und schön gewesen war; nur war die Kraft des Vaters durch leise Züge der Mutter gemildert, die in der Bildung des Angesichtes zum Vorschein kamen. Der Körper war fast der eines vierjährigen Kindes, nur schien er viel zarter und nicht so stark zu den Bewegungen zu sein, welche Kinder in diesem Alter schon zu machen pflegen. Aber es lagen auch diese Bewegungen nicht in ihren Gliedern, der Vater wußte nicht, wegen bisheriger Vernachlässigung derselben, oder weil sie überhaupt noch nicht da waren. Sie konnte noch nicht gehen, und zeigte auch keinen

Drang dazu, wie er sich doch sonst schon in viel jüngeren Kindern äußert, wenn sie nach Gegenständen ihres Wohlgefallens hinstreben. Ja sogar sie kroch auch nicht einmal, wie doch die unentwickelsten Kinder versuchen, sobald sie sich nur sitzend zu erhalten vermögen. Wenn man sie auf den Boden niedersetzte, so blieb sie auf demselben Platze sitzen, man mochte noch so reizende Gegenstände oder Naschwerk, das sie sehr lieb hatte, in ihre Nähe legen. Stehen konnte sie schon, aber wenn man sie auf die Füße stellte, blieb sie unbeweglich stehen, klammerte sich an die sie haltende Hand, und wenn man diese wegzog, stand sie einsam in der Luft da, strebte nach keiner Richtung weiter, ihre Füßchen zitterten, und in den Mienen sprach sich Angst und die Bitte um Hilfe aus. Wenn man ihr dann die Hand gab, und damit einen ihrer Finger berührte, so hielt sie sich schnell daran, faßte mit beiden Händchen darnach, und zeigte Neigung, niederzusitzen. Wenn man ihr aber das verweigerte, so blieb sie stehen, sich an der dargereichten Hand festhaltend, und nichts weiter versuchend. Am vergnügtesten schien sie zu sein, wenn sie in ihrem Bettchen lag. Da fühlte sie den meisten Halt um sich, war, wie es sonst auch ihre Weise war, sehr fromm, fast nie weinend, langte nach nichts, sondern hielt gerne eine Hand in der andern, und tastete und spielte mit den Fingern der einen in denen der andern. Auch das Angesichtchen zeigte noch nicht die Erregtheit, die sonst Kinder haben, wenn sie durch die ersten und vermöge ihres hilflosen Körperchens sehr heftigen Verlangungen bewegt werden. Nicht einmal, wenn der Vater, den sie recht gut kannte, mit ihr redete, sie liebkoste oder streichelte, zeigte sie die Belebung, die sonst die kleinsten Kinder haben. Die Züge des unaussprechlich schönen Angesichtes blieben immer ruhig, die Augen mit dem lieblichsten, von Abdias oft so bewunderten Blau standen offen, gingen nicht hin und her, und waren leer und leblos. Die Seele schien noch nicht auf den schönen Körper heruntergekommen zu sein. Ihre Zunge redete auch noch nicht, sondern wenn es sehr gut ging, lallte sie seltsame Töne, die keiner der menschlichen Sprachen ähnlich waren, und von denen man auch nicht wußte, was sie bedeuteten.

Abdias konnte sich nicht helfen, er mußte denken, daß Ditha blödsinnig sei.

Nun war er eigentlich ganz allein in seinem Hause; denn Ditha war noch niemand, und Uram war gestorben. Er hatte Ditha nach Europa gebracht, um sie zu bergen. Sie war eine Lüge – ewig mit derselben reglosen Miene, und mit den ruhigen Augen. Er dachte sich, er werde viele Jahre so bei ihr sitzen, dann werde er sterben, ihre Züge werden sich auch nicht regen, denn sie wird nicht wissen, daß jemand gestorben ist – und wenn sein Antlitz starr geworden, dann wird erst recht der alte tote Vater der jungen schönen

Tochter gleichen, so wie sie jetzt schon ferne der sanften vor Jahren gestorbenen Mutter gleicht.

Er wollte wenigstens aus dem blödsinnigen Körper so viel entwickeln, als aus ihm zu entwickeln wäre. Er dachte, wenn er den Körper recht gesund und recht stark machte, wenn er ihn zu außerordentlichen Tätigkeiten reize – vielleicht könnte er eine Art Seele hervorlocken, wie jetzt gar keine vorhanden sei.

Er brachte Ditha in eine andere Räumlichkeit; denn sie war bisher in einem jener kühlen Gemächer gewesen, wie wir sie oben beschrieben haben. Die neue Wohnung war luftig und licht, sie bestand aus zwei Zimmern, deren Fenster geradezu in das Freie gingen, und deren Türen sich auf Gänge öffneten, die viele Fenster hatten. Er ließ nun oft ganze Ströme Luft herein, ließ sie durch die Zimmer streichen und setzte Ditha darein, daß alle Teile ihres Körpers diese labende Flüssigkeit genießen könnten. Er reichte ihr ihre Nahrung selber, und bestimmte immer, worin sie zu bestehen hätte. Er wollte sie nämlich recht leicht und nährend haben, und sie mußte in einer ganz bestimmten Ordnung fertig werden. Die Kleider, die sie anhaben sollte, gab er ebenfalls selbst an, sie sollten keinen Teil des Körpers drücken, sollten nicht zu heiß und nicht zu kühl sein, und den Zutritt der Luft und der Sonne nicht zu stark hemmen. So oft es nur wegen des in diesen Ländern so ungleichen Wetters anging, mußte sie ins Freie gebracht werden, und oft ganze Tage darin zubringen. Er nahm sie an der Hand, er führte sie herum, und hörte nicht eher auf, als bis er an ihrer immer mehr und immer schwerer anziehenden Hand merkte, daß sie schon sehr müde geworden sei, und nur mehr den Körper armselig schleppe. Wenn die Strahlen der Mittagssonne zwar nicht steilrecht, wie es in seinem Vaterlande jährlich einmal beinahe genau der Fall gewesen war, aber doch sehr warm herniederschienen, wurde sie leicht bedeckt in das Gras des Gartens unter den Schein der heißen Sonne gesetzt, und lange da gelassen, daß auf dem Angesichte, auf der Stirne und auf dem Nacken große Tropfen standen, und das feine Linnen, das gerne ihren Körper bedeckte, anzukleben begann. Dann ward sie anders angekleidet, in die Zimmer gebracht, und dort ging er mit ihr, sie an der Hand haltend herum, sie auch öfter in den langen Gang hinausführend, und dort auf und ab ziehend. Die Füßchen – das sah er bald – wurden zunehmend stärker. Ihr Angesicht mußte täglich mit Seife und frischem Wasser gewaschen werden, die schönen blauen Augen bekamen jeden Morgen ein Bad von reinem Brunnenwasser, und die Haare, so gelb und klar wie goldener Flachs, mußten gekämmt und gebürstet und gewaschen werden, daß auf dem Boden des Hauptes nicht ein Stäubchen und nicht ein Faserchen von Unrat lag, sondern die Haut so rein und eben glänzte, wie auf dem Buge des sanft hinabgehenden

Nackens. Wenn er oft im Garten oder sonst wo vor ihr auf den Knien kniend sich heiser rief: »Ditha komme her – Ditha komme her!« so ward sie dann; in ein kaltes Bad getan, dessen Wasser man im Augenblicke erst aus dem Brunnen geschöpft hatte. Ihre entkleidete Glieder wurden von der reinen Flut, die in einem marmornen sehr großen Becken spielte, umflossen, nasse Tücher rieben den Körper, und in den hinaufgebundenen gelben Haaren hingen die klaren Tropfen wie Diamanten. Wenn es ihr manchmal zu kalt geworden war, oder wenn man sie zu stark gebürstet hatte, da sie herausgestellt worden war, so zitterten ihre Glieder, und das Angesichtchen verzog sich sanft zum Weinen.

So verging eine Zeit, Abdias war fast unablässig bei ihr, und beobachtete die Äußerungen ihres Körpers.

Die meiste Regung einer Seele, ja eigentlich die einzige, glaubte er, gebe sie gegen Klänge; denn er redete recht oft und Mannigfaltiges zu ihr. Er hatte ein feines Silberglöckchen – dieses brachte er herbei, und ließ es leise vor ihren Ohren tönen. Sie merkte darauf hin, das sah man deutlich. Und wie man den Klang die Tage fort öfter vor ihren Ohren wiederholte, lächelte sie – und immer deutlicher und immer süßer wurde dieses Lächeln, je öfter man den schmeichelnden Klang vor sie brachte. Ja später begehrte sie ihn sogar selber; denn sie ward unruhig, und sprach ihre unbekannten Worte, bis er begann: Dann ward sie stille, und ein Ding, wie Freude, ja sogar wie ein sehr verstandesvolles Mienenspiel, schimmerte in ihren Zügen.

Abdias kam bei dieser Entdeckung auf einen Gedanken, der sich wie ein Blitz, wie eine leuchtende Lufterscheinung durch sein Haupt jagte, er dachte: das arme, gemarterte Kind könne bloß blind sein.

Sogleich begann er, als ihm dieser Gedanke gekommen war, Versuche, um zu prüfen, ob es wahr sei, oder nicht. Er ließ das Mädchen leicht gekleidet auf sein Bettchen legen. Dann holte er eine lange sehr spitzige Nadel, und mit derselben stach er sie in die Hand. Die Hand zuckte zurück. Er stach wieder, und sie zuckte wieder. Dann berührte er bloß die Hand mit der Spitze der Nadel, und siehe, sie zog sich auch zurück. Das Kind mußte, wenn es sah, nun die Nadel kennen, und mußte wissen, daß die feine Spitze derselben das Schmerzende sei. Er näherte nun die Nadelspitze dem schönen großen, blauen Augapfel – immer mehr – immer mehr fast bis zur Berührung: es erfolgte keine Regung, in ruhigem Vertrauen stand das Auge offen. Er holte nun noch aus der Küche eine glühende Kohle, nahm sie in eine Zange und näherte sie dem Auge – er schwang sie stille aber dicht vor dem Antlitze in Kreisen, daß sie flammende Linien zog: aber es erfolgte ebenfalls keine Bewegung in dem Angesichte, welche zeigte, daß, das Kind die feurigen

Kreise gesehen hatte. In derselben sprachlosen Ruhe blieb das schöne Auge. Er versuchte noch eins: er schlug mit seinen Fingerspitzen sehr schnell aber lautlos nahe oberhalb der Wimpern durch die Luft, bei welchem Verfahren fast alle Menschen und um so viel mehr die Kinder blinzen müssen: aber Ditha wußte nichts, daß diese Bewegungen so nahe an ihren Augenlidern vor sich gingen.

Es war für ihn nun richtig, und alle bisherigen Erscheinungen an dem Mädchen waren ihm klar. Es war blind. In der andauernden Nacht war die junge, verkannte, über das Wesen der Welt ahnungslose Seele bloß hilflos gebunden gewesen, und hatte nicht gewußt, was sie entbehre.

Noch in demselben Augenblicke, als Abdias diese Entdeckung gemacht hatte, wurde in die entfernte Stadt um den Arzt geschickt. Er kam erst am nächsten Tage, und bestätigte mit seinen Kenntnissen, was Abdias vermutet hatte. Sofort wurde nun wieder ein ganz anderes Verfahren mit dem Kinde eingeschlagen. Es wurde wieder in ein Zimmer verbannt, es wurde ihm ein kleiner Sessel gemacht, auf dessen Lehne es das Haupt zurücklegen konnte, daß die Augen, die schönen aber unnützen Augen, aufwärts gerichtet wären, daß der Arzt und der Vater in dieselben hineinschauen konnten. Abdias schaute oft hinein, aber nicht das Geringste, nicht die kleinste Kleinigkeit war zu entdecken, wodurch sich diese Augen von andern gewöhnlichen Menschenaugen unterschieden, außer, daß sie schöner waren, als andere, daß sie klar und mild waren, wie man selten menschliche Augen finden würde.

Es begannen nun, obwohl der Arzt gesagt hatte, daß er wenig Hoffnung geben könnte, mehrere Versuche, die Augen zu heilen, und wurden lange Zeit fortgesetzt. Abdias tat alles pünktlich, was der Arzt vorschrieb, und Ditha litt schier alles geduldig, obwohl das Kind keine Ahnung haben konnte, was man mit ihm vorhatte, und welche Kleinode man ihm zu geben bemüht war. Als endlich der Arzt erklärte, daß seine Mittel erschöpft seien, und er das wiederholen müsse, was er gleich anfangs gesagt habe, daß nämlich das Kind wahrscheinlich nie würde hergestellt werden, sondern die Zeit seines Lebens blind bleiben müßte: belohnte Abdias den Arzt für seine bisher gehabten Bemühungen, und nahm einen andern. Allein auch dieser tat nach einiger Zeit dieselbe Erklärung – und so kam ein dritter, ein vierter, und mehrere. Da alle übereinstimmten, dem Kinde sei das Licht der Augen nicht zu geben, da die Ratschläge der verschiedensten Menschen, die von dem Übel hörten und sich herzudrängten, vergebens angewendet wurden, da Abdias bei jedem neuen fehlgeschlagenen Versuche seine Hoffnung auf eine tiefere Stufe herabstimmte: gab er den Rest derselben endlich ganz auf, insbesondere da keine Ärzte mehr waren, die man fragen konnte, und selten ein Mensch kam, der einen Ratschlag erteilte, oder wenn es geschah, derselbe schon von vorneherein alle Spuren der Unvernunft an der Stirne trug. Er gewöhnte sich daran, und nahm den Gedanken in sein Eigentum auf, daß er ein blindes Kind habe, und daß dasselbe blind bleiben müsse.

Statt nun eine Erziehung zu beginnen, die so viel an Geist und Leben entwickelt hätte, als nur immer zu entwickeln war, verfiel Abdias auf einen ganz andern Gedanken, nämlich einen ungeheuren Reichtum auf das Kind zu laden, damit es sich durch denselben einstens, wenn er stürbe, Hände kaufen könnte, die es pflegen, und Herzen, die es lieben würden. Einen großen Reichtum wollte er auf das Kind häufen, daß es sich dereinst mit jedem Genusse seiner andern Sinne umringen könnte, wenn es schon den des einen entbehren müßte.

Infolge dieses Entschlusses wurde nun Abdias geizig. Er entließ alle Diener bis auf eine Magd, eine Wärterin Dithas, und einen Wächter des Hauses. Er selbst versagte sich alles und jedes, er ging in schlechten Kleidern, nährte sich schlecht, ja wie einst in seiner fünfzehnjährigen Lehrzeit fing er jetzt bei grauen Haaren an zu lernen, wie man wieder Geld und Gut erringen könne, er fing an zu jagen und zu rennen, und Gewinn und Zinsen zu sammeln, er fing an zu wuchern, namentlich mit der Zeit, und dies alles um so mehr, gleichsam mit der Angst eines Raubtieres, da ihn der Gedanke an sein Alter und an seinen nahen Tod verfolgte. Er ließ sich daher keine Ruhe – das Geschäft, welches er kannte, und welches ihm in Afrika Reichtümer eingetragen hatte, nahm er wieder vor, nämlich den Handel, er trieb ihn so, wie er ihn in Afrika getrieben hatte – und wenn es in mancher Nacht stürmte und tosete, daß der Hund in seine Hütte kroch und der Iltis in seinen Bau, daß kein Mensch auf der Straße war, ging der gebeugte schwarze Schatten des Juden über die Felder, oder er klopfte, wenn er sich verirrt hatte, an ein kleines Fenster, um ein Nachtlager bittend, das man ihm oft widerwillig gab, öfter verweigerte; denn, da er jetzt viel unter die Menschen kam, lernte man ihn kennen, und er ist ein Gegenstand des Hasses und des Abscheues geworden. Das Unglück, in welchem sein Mädchen gefangen war, schrieb man dem gerechten Urteile Gottes zu, der den maßlosen Geiz des Vaters strafen wollte. Die Diener, welche er aus seinem Volke genommen hatte, hielten es nicht für gefehlt, wenn sie ihn betrogen, und sie hätten dieses, wenn er nur nicht so scharfsichtig gewesen wäre, gerne in noch größerem Maßstabe getan.

Wenn er zu Hause war, saß er immer in Dithas Zimmer, sobald er nur seine Rechnungen und seine Geschäfte abgetan hatte. Der kleine Sessel mit der Hinterlehne für ihr schönes Haupt war ihr lieb geworden, sie saß jetzt gerne darinnen, obwohl er für die aufblühenden und emporstrebenden Glieder zu klein geworden war. Da kauerte der Jude auf einem kleinen Schemel neben ihr, und sprach immerwährend zu ihr. Er lehrte sie Worte sagen, deren Bedeutung sie nicht hatte – sie sagte die Worte nach und erfand andere, welche aus ihrem inneren Zustande genommen waren, die er nicht verstand, und die er wieder lernte. So sprachen sie stundenlange miteinander, und jedes wußte, was das andere wollte. Sie streichelte öfter mit ihren kunstreichen Händen, nachdem sie ein wenig in der Luft gesucht hatte, seine harten Wangen, und seine schlichten dünner werdenden Haare. Zuweilen legte er Geschenke in ihre Hand, ein Stückchen Stoff zu einem Kleide, dessen Feinheit sie greifen konnte, und verstand; namentlich Linnen, das sie sehr liebte, dessen Glätte, Weiche und Reinheit sie besonders zu beurteilen verstand, und das, weil sie nie unter Menschen kam und Putz brauchte, nicht nur das ihrem Körper zunächstliegende, sondern meistens auch einzige Kleidungsstück war. Wenn sie ihr linnenes Überkleid über das untere getan hatte, um damit im Hause zu sein, legte sie seine Falten so schön, und machte vorne die Spange zu, daß Sehende geglaubt haben würden, sie hätte das Werk vor dem Spiegel gemacht. Und dann strich sie mit der Hand längs des Stoffes hinab, und faßte ihn zwischen Daumen und Zeigefinger, und sagte: »Vater, das ist noch weicher, als das andere.«

Die Füßchen, an denen Schuhe waren, stellte sie nebeneinander auf den Schemel, und griff die Weichheit desselben. Manchmal gab er ihr Eßwaren, die er gebracht, Früchte und dergleichen – und wenn sie den Kern oder anderes, das wegzulegen war, zwischen den Fingern hielt, suchte sie nach der daneben stehenden Tasse, damit ja nichts beschmutzt würde.

Ihr Gliederbau bildete sich allgemach höher, und wenn sie in dem Grase des Gartens ging, oder die weiße Gestalt neben der weißen Mauer desselben, so gab sie das Bild eines erwachsenden Mädchens. Unter den sehenden Wesen war Asu, der Hund, von dem Abdias am meisten geliebt wurde. Er hatte ihn einstens, weil man seine Mutter erschlagen hatte, und er noch blind war, aufgelesen und erzogen. Dieser Hund, da er erwachsen war, begleitete Abdias überall, und wenn er halbe Tage lang bei Ditha in dem Zimmer, oder manchmal auch in dem Grase des Gartens saß, so saß der Hund immer dabei, wendete kein Auge von den beiden, als verstünde er, was sie sagten, und als liebte er sie beide. Wenn Abdias nachts in sein Zimmer ging, um zu schlafen, legte er dem Hunde unter dem Tische seinen Teppich zurecht, und richtete ihn, daß er weich sei.

Mit diesem Hunde hatte Abdias ein Unglück, als wenn es mit dem Manne immer hätte so sein müssen, daß sich die Dinge zu den seltensten Widrigkeiten verketten.

Es war zu einer Zeit, da sich eben in vielen Teilen der Gegend Fälle von Hundswut ergeben hatten, daß Abdias eine Reise nach Hause machte, und zwar auf einem Maultiere reitend, und wie gewöhnlich von Asu begleitet. In einem Walde, der nur mehr einige Meilen von seinem Hause entfernt war, und der Länge nach gegen jenen Föhrenwald mündete, von dem wir oben gesprochen haben, merkte er an dem Tiere eine besondere Unruhe, die sich ihm aufdrang, weil er sonst nicht viel hingeschaut hatte. Der Hund gab unwillige Töne, er lief dem Maultiere vor, bäumte sich, und wenn Abdias hielt, so kehrte er plötzlich um, und schoß des Weges fort, woher sie gekommen waren. Ritt Abdias nun wieder weiter, so kam das Tier in einigen Sekunden wieder, neuerdings vorwärts, und trieb das alte Spiel. Dabei glänzten seine Augen so widerwärtig, wie Abdias es nie gesehen hatte, so daß ihm ängstliche Besorgnisse aufzusteigen begannen. Über eine Weile kamen sie zu einem kleinen flachen Wässerlein, durch welches man hindurchreiten mußte. Hier, wollte der Hund nun gar nicht hinein. An seinen Lippen zeigte sich ein leichter Schaum, er stellte sich vor, und mit heiserem Schluchzen schnappte er nach den Füßen des Maultieres, da es dieselben ins Wasser setzen wollte. Abdias nahm eine seiner berberischen Pistolen aus dem Halfter, hielt das Maultier einen Augenblick zurück, und drückte das Gewehr gegen den Hund ab. Er sah durch den Rauch, wie das Tier taumelte und blutete. Dann ritt er in der Verwirrung durch das Wasser und jenseits weiter. Nachdem er eine halbe Stunde Weges zurückgelegt hatte, bemerkte er plötzlich, daß er einen Gürtel mit Silbermünze, den er zu diesem Zwecke immer um hatte, nicht mehr habe – und er erkannte den ungeheuren Irrtum in Hinsicht des Hundes. Er hatte den Gürtel an einer Waldstelle, an welcher er sich eine Weile aufgehalten hatte, hingelegt, und sah nun, daß er ihn dort vergessen habe. Sogleich jagte er zurück. In Schnelligkeit war das Wässerlein erreicht, aber Asu war nicht dort, er lag nicht an der Stelle, auf welcher er erschossen worden war, sondern es zeigten sich nur Blutspuren da. Abdias jagte weiter zurück, und auf dem Wege sah er überall Blut. Endlich kam er an die Waldstelle, er fand dort den Gürtel – und den sterbenden Hund vor demselben liegend. Das Tier machte vor Freuden unbeholfene Versuche zu wedeln, und richtete das gläserne Auge auf Abdias. Da dieser auf den Hund niederstürzte, ihm Liebkosungen sagte, und die Wunde untersuchte, wollte das Tier mit matter Zunge seine Hand lecken – aber es war nicht mehr möglich und nach einigen Augenblicken war es tot. Abdias sprang nun auf, und wollte sich die weißen Haare ausraufen – er heulte – er stieß ungeheure Verwünschungen aus – er lief gegen das Maultier hin und riß die zweite Pistole aus dem Halfter, und krampfte seine Finger darum. Nach einer Weile warf er sie in das Gras des Waldes. Den Gürtel nahm er zehnmal auf, warf ihn zehnmal hin, und stampfte ihn mit den Füßen. Endlich als schon beinahe die Nacht hereingebrochen war, da er doch den Hund kaum in der Hälfte des Nachmittages erschossen hatte, nahm er den Gürtel mit Dithas Gelde wieder auf und band ihn um. Er suchte die hingeworfene Pistole in dem Grase, und steckte sie in das Halfter. Dann bestieg er das Maultier, und schlug wieder den Weg nach Hause ein. Da schon das Morgengrauen auf das öde Tal niederschien, kam er an seinem Hause an, alle Kleider mit dem Blute des ermordeten Tieres besudelt; denn er hatte es beinahe in seinen Schoß gelegt, als er die Wunde untersuchte. Er hatte wohl wenig Glauben an die Rettung gehabt, da er wußte, wie gut er in der Wüste schießen gelernt hatte. Den Tag, als er angekommen war, gönnte er sich Ruhe, am andern aber mietete er sich zwei Männer, reisete mit ihnen zu der Waldesstelle, und sie mußten den Hund vor seinen Augen in die Erde verscharren.

Dann kam er zurück und betrieb seine Geschäfte fort, wie er sie vordem betrieben hatte.

Einige Zeit nach diesem Ereignisse verfiel er in eine Krankheit. Man weiß nicht, war es die Erregung, die er von dieser Tatsache hatte, oder war es der ihm ungewohnte feindselige Landstrich, was ihn darnieder warf: genug, die Krankheit war gefährlich, und er konnte sehr lange nicht von derselben genesen.

Aber gerade in dieser Krankheit, wo man meinte, daß alles in einfacher Ruhe nun fortgehen werde, geschah es auch wieder, daß eine jener Wendungen in dem Geschicke dieses Mannes eintrat, wie wir schon öfter Gelegenheit hatten sie in seinem Leben zu bemerken. Es geschah eine wundervolle Begebenheit – eine Begebenheit, die so lange wundervoll bleiben wird, bis man nicht jene großen verbreiteten Kräfte der Natur wird ergründet haben, in denen unser Leben schwimmt und bis man nicht das Liebesband zwischen diesen Kräften und unserm Leben wird freundlich binden und lösen können. Bisher sind sie uns kaum noch mehr als bloß wunderlich, und ihr Wesen ist uns fast noch nicht einmal in Ahnungen bekannt.

Ditha war beinahe völlig herangewachsen – ein schlankes Mädchen mit blühenden Gliedern, die sich auszubilden versprachen, und eine große Schönheit zu hoffen berechtigten. Abdias war während seiner Krankheit nicht zu ihr in ihr Zimmer gekommen; aber auch sie war in dieser Zeit nicht gesund gewesen; ein seltsames Zittern war an ihren Gliedern, das öfter verschwand, öfter kam und anhielt, zu verschiedenen Zeiten erschien, und namentlich, wenn heiße dunstige Tage waren. Der Arzt konnte es nicht recht erkennen, und sagte, es sei von dem Wachsen, weil sie in letzter Zeit ganz vorzüglich in die Höhe gegangen sei, und sich die Glieder wider Vermögen gedehnt hätten. Bis sie sich voller rundeten, würden die Erscheinungen verschwinden. Abdias war in den Tagen der Wiedergenesung, wo man schon in den Zimmern und in den Grenzen des Hauses herumgehen kann, aber noch nicht weiter fort, und seinen Beschäftigungen nicht nachzukommen vermag. Als er in diesem Zustande eines Tages auf seiner Stube saß, und mit Rechnungen und Entwürfen beschäftiget war, insbesondere darüber nachdachte, wie er es beginnen müsse, um die Zeit, die er jetzt krank war, hereinzubringen, daß sie im ganzen Verlaufe nicht zum Nachteile wäre: geschah es, daß ein Gewitter heraufzog. Er achtete nicht weiter darauf, da die Gewitter, die er hier erlebt hatte, sich nicht von ferne an Heftigkeit und Stärke mit denen vergleichen ließen, die er in der Wüstenstadt und sonst in Afrika gesehen hatte. Aber mit einem Male, wie er wieder so rechnete, und da der Regen noch kaum leise auf die Dächer niederträufelte, geschah ein schmetternder Schlag, von Feuer begleitet, das das ganze Haus in einen blendenden Schein setzte. Abdias erkannte augenblicklich, daß der Blitz in sein Haus gefahren sei. Sein erster Gedanke war Ditha. Obgleich in den Gliedern noch ermüdet, eilte er sogleich in ihr Zimmer. Der Blitz war durch dasselbe gegangen, er hatte die Decke und den Boden durchgeschlagen, daß dicker Staub in der Stube war, er hatte die eisernen Drähte des Käfigs, in dem das Schwarzkehlchen war, dessen Singen Ditha so erfreute, niedergeschmolzen, ohne den Vogel zu verletzen; denn derselbe saß gesund auf seinen Sprossen – auch Ditha war unbeschädigt; denn sie saß aufrecht in ihrem Bette, in das sie sich gelegt hatte, weil sie heute ganz besonders mit dem Zittern behaftet gewesen war. Abdias, der gewitterkundige Wüstenbewohner, sah das alles mit einem Blicke, er stieß nun schnell ein Fenster auf, um den heftigen, widrigen Phosphorgeruch zu verscheuchen, dann sah er gegen Ditha – und wie er genau hinblickte, bemerkte er, daß eine fürchterliche Erregung auf ihrem Antlitze lag, wie Entsetzen, wie Todesschreck. Als er näherging, um zu sehen, wie es sei, kreischte sie, als drohte sich ein Ungeheuer über sie zu legen, und sie regte die Hände wie abwehrend entgegen – es war das erste Mal, daß sie die Hände nach etwas geradezu ausstreckte. – – Eine wahnsinnige Vermutung stieg in Abdias auf: er rannte nach dem Herde, auf welchem man eben ein Feuer hatte, riß einen glühenden Stumpf heraus, lief in Dithas Zimmer und schwang ihn vor ihren Augen. Sie aber tat wieder einen Schrei, arbeitete dann heftig mit den Gesichtszügen, als wollte sie etwas beginnen, was sie nicht konnte – endlich, als hätte sie es plötzlich gefunden, regten sich mit einmal ihre Augen im Haupte, indem sie den funkelnden Kreisen des Feuerbrandes folgten. Der Arzt war nicht anwesend. Abdias rannte nach dem Hauswächter und sagte, er gebe ihm hundert Goldstücke, wenn er reite, was ein Pferd zu rennen vermöge, und den Arzt bringe. Der Wächter zog ein Pferd aus dem Stalle, sattelte es in Schnelligkeit, und ritt davon. Abdias sah ihm von einem Fenster aus, das er schnell aufgerissen hatte, zu. Indessen der Mann das Pferd sattelte, hatte Abdias die Eingebung gehabt, alle Fensterbalken in Dithas Zimmer zuzumachen, und noch dazu die Vorhänge herabzulassen, damit die Augen vorerst in der ihnen holden Finsternis blieben, und von dem plötzlich eindringenden Lichte nicht verletzt würden. Als er dieses getan hatte, wobei Ditha immer stille gewesen war, hatte er, wie wir oben sagten, das Fenster des Ganges aufgerissen, um dem abreitenden Boten zuzusehen, dann ging er leise wieder in ihr Zimmer zu ihrem Bette, setzte sich zu ihr, und fing über eine Weile zu reden an. Die Stimme war das Gewisseste, was sie an ihm kannte, und sie übte nach und nach ihren gewöhnlichen Einfluß aus. Das geschreckte Kind beruhigte sich nach einiger Zeit – und in der Finsternis vergaß es gemach den furchtbar herrlichen Sturm des ersten Sehens. Nach mehreren Augenblicken fing es sogar selber zu reden an, und erzählte ihm von fernen bohrenden Klängen, die da gewesen, von schneidenden, stummen, aufrechten Tönen, die in dem Zimmer gestanden seien. Er antwortete ihr auf alles, und sagte recht freundliche

Worte der Liebe. Bisweilen, wenn ein kurzer Stillstand des Gespräches war, stand er auf, rang in der Finsternis die Hände über seinem Haupte, oder er krampfte sie ineinander, wie man in Holz oder Eisen knirscht, um die innere Erregung abzuleiten. – Dann setzte er sich doch wieder zu dem Bette, und blieb längere Zeit sitzen, indem er sich mehr und mehr beruhigen lernte. Ditha, welche zu der Stimme noch ein anderes Merkmal hinzugeben wollte, faßte nach seinen Händen, und als sie dieselben hatte, streichelte sie darüber hin, um sich zu überzeugen, daß er es wirklich sei, den sie habe. Er blieb nun ganz bei ihr sitzen, und sie fing nach und nach an, die gewöhnlichen Dinge, wie sie bei ihr alle Tage vorkamen, zu reden. Sie schien hiebei immer müder zu werden, insbesondere, da sie ihm auf sein Befragen erzählte, daß das Zittern ganz aufgehört habe, was recht gut sei. Nach einer Weile sagte sie gar nichts mehr, nachdem sie noch einige zutrauliche unzusammenhängende Worte geredet hatte, richtete ihr Köpfchen auf dem Kissen zurechte, und es schlossen sich im Schlafe die Augenlider über die neuen gerade erst bekommenen und von ihr noch nicht gekannten Juwelen. Abdias lösete, als sie ruhig schlief, sachte seine Hand aus der ihrigen, und ging in den Garten hinaus, um zu schauen, wie denn jetzt der Tag draußen beschaffen wäre. Es war Abend. Dasselbe Gewitter, welches Ditha sehend gemacht hatte, hatte ihm mit Hagel das Hausdach und seinen Nachbarn die Ernte zerschlagen – er aber hatte davon nichts gemerkt. Jetzt, da er im nassen Grase stand, war alles vorüber. Die Gegend war sehr stille, die Sonne ging eben im tiefen Abend unter, und spannte im Morgen, wohin eben das Gewitter hinauszog, einen weiten schimmernden Regenbogen über dem ganzen dunkeln Grund desselben.

Nach Mitternacht kam endlich der ersehnte Arzt. Er hielt es aber nicht für gut, das sanft schlummernde Mädchen zu wecken, sondern ordnete an, daß die Untersuchung erst bei Tageslichte zu geschehen habe. Er billigte übrigens, was Abdias getan hatte.

Als am andern Morgen die Sonne aufgegangen war, wurde Dithas Zimmer nur in so weit gelichtet, daß man den Versuch mit ihr anstelle, ob sie sehe, oder nicht; denn ihr das volle Licht zu geben, hielt man für schädlich. Der Versuch war kurz, und der Arzt erklärte, daß sie sehe. Man beschloß nun, daß das Zimmer, das sie nicht verlassen durfte, nur allmählich gelichtet werde, damit sie sich an die Gegenstände, die nach und nach hervortauchten, gewöhne, und das Auge durch allzu großen und ungewohnten Lichtreiz nicht erkranke. Man sagte ihr, sie sei unwohl und müsse das Zimmer hüten, aber die Krankheit würde bald vorübergehen, und dann würde sie mit ihren Augen sehen. Sie wußte nicht, was Sehen sei, aber sie blieb geduldig auf ihrem kleinen Sessel sitzen, lehnte das Haupt auf die Lehne desselben zurück, und hatte einen grünen Schirm ober den Augen, den sie bloß griff. Eine Verhüllung nach der andern wurde von den Fenstern zurückgetan, ein Raum kam nach und nach um sie zum Vorscheine, sie wußte aber nicht, was es sei – die Fensterbalken wurden allgemach gelichtet – endlich wurden die letzten Vorhänge der Fenster emporgezogen – – und die ganze große Erde und der ungeheure Himmel schlug in das winzig kleine Auge hinein. – – Sie aber wußte nicht, daß das alles nicht sie sei, sondern ein anderes außer ihr Befindliches, das sie zum Teile bisher gegriffen habe, und das sie auch ganz greifen könnte, wenn sie nur durch die Räume in unendlich vielen Tagen dahin zu gelangen vermöchte.

Abdias fing nun an, Ditha sehen zu lehren. Er nahm sie bei der Hand, daß sie fühle, daß das dieselbe Hand sei, die sie so oft an der ihrigen im Zimmer oder im Garten herumgeführt hatte. Er hob sie von dem kleinen Sessel empor. Der Arzt und die drei Diener des Hauses standen dabei. Er führte sie einen Schritt von dem Sessel weg, dann ließ er sie die Lehne greifen, die ihr so lieb geworden war, dann die Seitenarme des Stuhles, die Füße, und anderes – und sagte, das sei ihr Sessel, auf dem sie immer gerne gesessen sei. Dann hob er den Schemel empor, und ließ sie ihn fühlen, und sagte: hierauf habe sie die Füße gehabt. Dann ließ er sie ihre eigene Hand, ihren Arm, die Spitze ihres Fußes sehen – er gab ihr den Stab, dessen sie sich gerne zum Fühlen bedient hatte, ließ sie ihn nehmen, und die Finger sichtbar um ihn herum schlingen – er ließ sie sein Gewand greifen, gab ihr ein Stückchen Leinwand, führte ihre Hand darüber hin, und sagte, das sei das Linnen, welches sie so liebe und gerne befühlt habe. Dann setzte er sie wieder in den Sessel zurück, kauerte vor sie hin, zeigte mit den zwei Zeigefingern seiner Hände auf seine Augen, und sagte, das seien die Dinge, mit denen sie nun alles, was um sie herum sei, sehe, wenn auch hundert Arme aneinandergefügt zu kurz seien, es zu greifen. Er ließ sie die Augenlider schließen, und mit ihren Fingern die durch sie verhüllten Apfel greifen. Sie kannte – tat aber die Finger schnell weg und öffnete die Lider wieder. Er wies ihr nun, da sie saß, alle Dinge des Zimmers, die sie sehr gut kannte, und sagte ihr, wie sie dieselben gebraucht habe. Um ihr dann den Raum zu weisen, führte er das widerstrebende Mädchen, weil es anzustoßen fürchtete, durch das Zimmer zu den verschiedenen Gegenständen, von einem zu dem andern, und zeigte, wie man Zeit brauche, um zu jedem zu gelangen, obgleich sie alle auf einmal in dem Auge seien. Er blieb den ganzen Tag bei ihr in dem Zimmer. Die äußeren Gegenstände des Gartens und der Fluren wollte er ihr noch nicht zeigen, damit sie nicht mit zu viel auf einmal überladen werde, und es ihr schade. Beim Essen zeigte er ihr die Speisen, nannte ihr den Löffel; denn Messer und Gabel hatte sie bisher nie gehandhabt, und sie fuhr ebenso ungeschickt zum Munde, wie sie es getan, da sie noch blind gewesen war.

Am Abende dieses Tages hatte das Kind ein bedeutend heftiges Fieber. Man brachte es zu Bette.

Als es immer dunkler geworden, und endlich die Nacht hereingebrochen war, meinte das Kind, es sei wieder blind geworden, und sagte es dem Vater. Dieser aber antwortete ihm, das sei die Nacht, wo, wie sie es wissen müsse, sich bisher immer alle zu Bette gelegt hatten, um zu schlafen, weil das Tageslicht, bei dem allein die Augen sehen, vergangen sei, und erst nach einiger Zeit wiederkommen würde, während welcher sich die Augen schließen, und die Menschen schlummern. Daß sie aber nicht blind sei, könne er ihr gleich zeigen. Er zündete eine große Lampe an, und stellte sie auf den Tisch. Sofort zeigten sich wieder alle Gegenstände, aber anders als bei Tage, grell hervortretend und von tiefen und breiten Schatten unterbrochen. Die Flamme der Lampe erinnerte Ditha an den Blitz, und sie sagte, ein solcher Hauch sei bei ihr gewesen, als es gestern so gekracht habe, und der Vater dann zu ihrem Bette hereingestürzt sei. Abdias löschte die Lampe wieder aus, setzte sich zu ihrem Bette, nahm sie bei der Hand, wie in den Tagen der Blindheit und redete mit ihr, bis sie, wie gewöhnlich entschlummerte.

Als sie am andern Tage ruhig und gestärkt erwachte, und die Dinge im Zimmer schon mit viel mehr Fassung betrachtete, als gestern, ließ er sie ankleiden, und da gegen die Hälfte des Vormittags hin der Tau auf den Gräsern vergangen war, führte er sie in den Garten, und nicht nur in den Garten, sondern auch in das Freie hinaus, in das Tal. Er zeigte ihr hier den Himmel, das unendliche tiefe Blau, in dem die silbernen Länder, die Wolken schwammen, und sagte ihr, das sei blau, das weiß. Dann zeigte er auf die Erde, wie die sanfte weiche Wiege des Tales so von ihnen hinausging, und sagte, das sei das Land, auf dem sie wandeln, das Weiche unter ihren Füßen sei das grüne Gras, das Blendende, das ihre Augen nicht vertragen, und das noch einschneidender sei, als gestern die Lampe, sei die Sonne, die Lampe des Tages, die nach dem Schlummer immer komme, den Tag mache, und den Augen die Kraft gebe, alles sehen zu können. Dann führte er sie in den Hof zu dem Brunnen, zog vor ihren Augen an dem Metallknopfe, daß der Strahl hervorschoß, und zeigte ihr das ihm so merkwürdige Wasser, und ließ sie von der hellen, kristallenen, frischen Flut einen Trunk tun, den er mit einem Glase schöpfte. Er zeigte ihr am Tage hinüber die Bäume, die Blumen, er erklärte ihr die Farben, was namentlich ein ganz Neues für sie war, und was sie beim Nachsagen nicht nur durcheinanderwarf, sondern auch ganz unrichtig anwendete, insbesondere wenn Farben und Klänge zugleich sich in ihrem Haupte drängten. Zwischen den Gräsern waren oft Tierchen, die er ihr zeigte, und wenn ein Vogel durch die Luft strich, suchte er ihre Augen auf ihn hinzulenken. Auch das Gehen mußte er ihr erst beibringen und angewöhnen, wenn sie so von dem Garten weg auf den Anger des öden Tales hinauswandelten; denn sie griff den Boden gleichsam mit den Fühlfäden ihrer Füße, und getraute sich nicht die Spitze schnell und sicher vor sich in das Gras zu setzen, weil sie nicht wußte, wie groß oder klein der Abgrund zwischen diesem und dem nächsten Tritte sei, wodurch es kam, daß sie jetzt im Sehen weit unsicherer ging, als früher in der Blindheit; denn da hatte sie den Fuß jederzeit im Bewußtsein des festen Bodens, den sie bisher immer gegriffen, vorwärtsgestellt, und hatte nicht gewußt, welche ungeheure Menge von Gegenständen auf dem nächsten Schritte liege. Ditha hatte an allem, was sie sah, Freude, schaute immer herum, und bewunderte insbesondere das Haus, in dem sie wohnten, das einzige merkwürdigste Ding dieser Art, das sie auf dem öden Grunde des Grases erblickte. Sie wollte beinahe nicht in die Stube gehen, daß sie das Blau des Himmels, das ihr besonders gefiel, und das lange immer fortgehende Grün des Grundes nicht verliere. Sie schaute in einem fort, und begriff nicht, wie ihr ein Baum, ein Stück Mauer des Gartens, oder ein flatternder Zipfel des Gewandes ihres

Vaters gleich einen so großen Teil der Welt nehmen könne, und wie sie mit der kleinen Hand, wenn sie sie unter die Stirne lege, gleich alles, alles bedecke.

Der Abend kam wie am vorigen Tage mit Erschöpfung in seinem Geleite, und der Vater schläferte die Tochter wie gestern ein, um morgen in dem begonnenen Geschäfte fortzufahren.

Abdias gab nun den Handel, den er die Zeit her so eifrig betrieben hatte, auf, und beschäftigte sich bloß mit Ditha, sie in dem neuen Reiche des Sehens fortzuführen.

Was den andern Eltern weit auseinandergerückt, gleichsam in Millionen Augenblicke verdünnt erscheint, das wurde ihm jetzt gewissermaßen auf einmal zugeteilt. Eilf Jahre waren Dithas Augen zugehüllt gewesen, eilf Jahre war sie auf der Welt gewesen, und hatte auf das Sehen warten müssen, nachdem ihr diese Welt schon auf einer andern Seite, auf der Seite des engen, dunkeln, einsamen Tastens war zugeteilt gewesen: aber wie man von jener fabelhaften Blume erzählt, die viele Jahre braucht, um im öden grauen Kraute zu wachsen, dann aber in wenigen Tagen einen schlanken Schaft emportreibt, und gleichsam mit Knallen in einem prächtigen Turm von Blumen aufbricht: – so schien es mit Ditha; seit die zwei Blumen ihres Hauptes aufgegangen waren, schoß ein ganz anderer Frühling rings um sie herum mit Blitzesschnelle empor; aber nicht allein die äußere Welt war ihr gegeben, sondern auch ihre Seele begann sich zu heben. Gleichsam wie die Flatterflügel wachsen, daß man sie sieht, wenn der junge Vogel noch an der Stelle sitzt, an welcher er aus der Puppe gekommen war, die die Fittiche so lange eingefaltet gehalten hatte, so dehnte das junge Innere Dithas die neuen eben erst erhaltenen Schwingen – denn die Sekunden flogen mit Kleinodien herbei, auf den Augenblicken lagen Weltteile, und jeder Tag endete mit einer Last, die er ihr auflud. So wunderbar ist das Licht, daß auch ihr Körper in sehr kurzer Zeit ein anderer ward; die Wangen wurden rot, die Lippen blüheten, und nach wenigen Wochen war sie in ihren Gliedern voller und stärker. Abdias hatte lauter weiße Haare, sein Gesicht war schwarz, von gekreuzten Narben durchzogen, und in den Zügen war Verfall eingegraben. So ging er neben der Tochter, die jetzt schon schlank und sicher wandelte; denn sie waren schier immer im Freien, das Ditha so liebte, und er nicht minder.

Aber nicht nur schöner ward das Antlitz des Mädchens, sondern es begann auch zu leben, und sichtlich immer mehr das Schönste zu zeigen, was der Mensch vermag, das Herz.

Wie Abdias vor mehreren Jahren angefangen hatte, plötzlich geizig zu werden, so wußte man jetzt nicht mehr, ist er es noch, oder nicht. Er ging immer neben dem Mädchen. Alle, die den Juden haßten, sahen mit sichtbarlichem Wohlgefallen in das unschuldige Angesicht seiner Tochter.

Auch die Augen, die einst so starren unheimlichen Bilder, wurden nun menschlich lieb und traulich; denn sie fingen zu reden an, wie Menschenaugen reden – und Fröhlichkeit oder Neugierde oder Staunen malte sich darinnen – auch Liebe malte sich, wenn sie plaudernd und schmeichelnd auf Abdias' Züge schaute, die nur ihr allein nicht häßlich erschienen; denn was die Außenwelt für ihre Augen war, das war er für ihr Herz – ja er war ihr noch mehr, als die Außenwelt; denn sie glaubte immer, er sei es, der ihr diese ganze äußere Welt gegeben habe.

So verging der Sommer, so der für das Mädchen sehr traurige Winter, und wieder ein Sommer und ein Winter. Ditha gedieh immer mehr, und blühte immer schöner.

In zwei Dingen war sie eigentümlich und von den gewöhnlichen Menschen abweichend.

Das erste betraf ein Naturwunder, das wohl zuweilen, aber selten vorkömmt. Abdias hatte es in jüngeren Jahren auch gehabt, aber mit dem Alter hatte es sich allmählich verloren. Man bemerkte nämlich an Ditha seit dem Tage, an welchem der Blitz in ihr Zimmer geschlagen, und ihre Nerven umgestimmt hatte, daß sie an Gewittertagen, oder auch nur an solchen, wo Gewitter drohten, und an dem entfernten Gesichtskreise hinauszogen, ganz besonders lebhaft, sogar heiter und freudig gestimmt sei, unähnlich den andern Mädchen und Frauen, welche Gewitter gewöhnlich fürchten. Sie liebte dieselben, und wenn eines wo immer am Himmel stand, ging sie hinaus, um zu sehen, ob es komme. Einmal in der Dämmerung einer sehr gewitterschwülen Nacht, da sie eben an dem offenen Fenster stand und dem entfernten Blitzen zusah, bemerkte Abdias, der hinter ihr in einem Stuhle saß, daß ein leichter, schwacher, blasser Lichtschein um ihr Haupt zu schweben beginne, und daß die Enden der Seidenbändchen, womit ihr Haar gebunden war, sich sträuben und gerade emporständen. Er erschrak nicht, denn gerade dieses war auch die Erscheinung gewesen, die bei ihm in der Jugend öfters ohne Veranlassung und in späteren männlichen Jahren bei starker Erregung wahrgenommen, und ihm von seiner Mutter mehr als einmal erzählt worden war. Er ist gewöhnlich, wie die Mutter sagte, zu solchen Zeiten sehr heiter gewesen, oder ist sehr stark gewachsen. Einen Nachteil aber hatte die Erscheinung für seinen Körper nie gehabt. Abdias blieb ganz stille hinter Ditha in dem Stuhle sitzen, und sagte ihr nichts von dem, was er an ihr sehe. Er hatte ohnedem gleich nach dem Tage, an welchem der Blitz in Dithas Zimmer gefahren war, ihre Schlafstelle in ein anderes Gemach verlegt, jetzt da er diese Erscheinung wahrgenommen hatte, ließ er auch sogleich

Blitzableiter auf das Haus setzen, wie er sie an mehreren Orten Europas gesehen hatte. Er erinnerte sich jetzt auch, daß ihm einmal im Morgenlande erzählt worden war, daß wenn es nachts an dem Himmel blitzte und ein Gewitter nicht auszubrechen vermöge, die Blumen unten manchmal eine leichte Flamme aus ihrem Kelche entlassen, oder daß gar ein fester ruhiger Schein darüber steht, der nicht weicht und doch nicht die Blätter und die zarten Fäden verbrennt. Ja diese Blumen sind dann gar die schönsten.

Abdias beobachtete nun Ditha genauer, und sah die Erscheinung in diesem Sommer noch zweimal an ihr. Im Winter war nichts zu bemerken.

Das zweite, was Ditha eigentümlich und von andern Menschen abweichend hatte, war wohl nur eine natürliche Folge ihrer Verhältnisse, die von allem verschieden waren, was Menschen gewöhnlich begegnen kann, es war die Folge ihres früheren Zustandes und ihrer einsamen Entwicklung. Wie nämlich bei andern Menschen das Tag- und Traumleben gesondert ist, war es bei ihr vermischt. Bei andern ist der Tag die Regel, die Nacht die Ausnahme: bei ihr war der Tag vielmehr das Ausgenommene. Ihre vergangene, lange, vertraute Nacht reichte nun in ihren Tag herüber, und jene willkürlichen von andern Menschen nicht verstandenen Bilder ihrer innern Welt, die sie sich damals gemacht hatte, mischten sich nun unter ihre äußeren, und so entstand ein träumend sinnendes Wesen, nur zuweilen von einem schnell handelnden unterbrochen, wie es eigentlich Abdias Natur war; es entstand eine Denk- und Redeweise, die den andern, welche sie gar nicht kannten, so fremd war wie wenn etwa eine redende Blume vor ihnen stände. Sonst einsam in ihrer Nacht sitzend war sie auch jetzt gerne allein, oder mit ihrem Vater, der sie sehr gut verstand. Aus jener langen Nacht mochte es auch herkommen, daß sie nicht die brennenden, sondern die kühlen und dämmernden Farben vorzugsweise liebte, und darunter wieder das Blau. Als sie einmal etwas weit von ihrem Hause waren, durch den Föhrenwald gingen, von dem wir oben geredet haben, und jenseits desselben an einem großen blühenden Flachsfelde standen, rief sie aus: »Vater, sieh nur, wie der ganze Himmel auf den Spitzen dieser grünen stehenden Fäden klingt!«

Sie verlangte hierauf, daß ein Stück davon nach Hause genommen würde. Er aber führte sie näher, zog einige Fäden aus, zeigte ihr die feinen kleinen Blumen, und machte ihr so klar, daß man nicht gleich ein ganzes Stück von diesem Blau wegnehmen könne. Dafür versprach er ihr, daß sie bald zu Hause ein solches blaues Feld haben werde.

So sprach sie auch von violetten Klängen, und sagte, daß sie ihr lieber seien, als die, welche aufrecht stehen und widerwärtig seien, wie glühende Stäbe. Ihre

Stimme, die sie in der letzten Zeit ihrer Blindheit immer lieber zum Singen, als zum Sprechen erhoben hatte, wendete sich frühzeitig einer sanften klaren Alte zu. So lebte sie eine Welt aus Sehen und Blindheit, und so war ja auch das Blau ihrer Augen, so wie das unsers Himmels, aus Licht und Nacht gewoben.

Als sie den Gebrauch ihrer Augen bekommen hatte, und Abdias, wie wir schon oben bemerkten, aufgehört hatte, seine Zeit dem Handel und dem Herumreisen zuzuwenden, fing er etwas anderes an. Er hatte zugleich mit dem Platze, auf welchem das Haus und der Garten stand, einen nicht gar kleinen Landteil des unfruchtbaren Tales erworben. Er hatte diesen Teil bisher unbenützt liegen lassen, und nur wenn er mit seinen Füßen darüber wandelte, gedacht: dies gehört mir. Jetzt fing er an, diesen Teil zu bebauen, und wollte ihn nach und nach in Felder umwandeln, wie er hinter den verdorrten Palmen in der Wüstenstadt auch ein Feld gehabt hatte, auf dem ihm etwas Gemüse und dünn stehender niedriger Mais wuchs. Er dingte Knechte, kaufte die gehörigen Gerätschaften, und fing an. Zum ersten Umgraben und zur Klärung der Erde, daß sie eine Saat annehme, hatte er eine große Zahl Taglöhner aus entfernten Gegenden kommen lassen. Zugleich fing er den Bau der Scheuern und anderer Gebäude an, welche bestimmt waren, die Ernte aufzunehmen. Da alles in zureichendem Stande war, entließ er die fremden Arbeiter, und führte die Sache durch seine Knechte fort. In dem Garten hatte er wohl schon bei seiner Ankunft des Schattens wegen Bäume gesetzt, nun aber gab er noch allerlei Gesträuche hinzu, er lockerte einen Teil des Bodens, der früher bloß mit Gras bewachsen gewesen war, auf, und legte Blumenbeete an. Auf einer andern Seite des Hauses wurde Erde für Gemüse aufgegraben.

Schon in dem ersten Frühlinge, an welchem Ditha sah, wogte ein schöner grüner Kornwald an einer Stelle, an welcher früher nur kurzes fahlgrünes Gras gewesen war, und graue Steine aus dem Boden hervorgesehen hatten. Als die Halme gelb geworden waren, standen gleichsam für Ditha die blauen Zyanen darin. Abdias ging unter all dem herum, und oft, wenn der mäßige Vormittagswind die reifenden Ähren zu silbernen Wogen mischte, stand seine Gestalt aus dem Rohrfeld hervorragend da, wie er den weißen Turban um seine schwarze Stirne geschlungen hatte, der dunkle Kaftan im Winde sich regte, und der große Bart, der vom Antlitze niederhing, noch weißer war, als der Turban.

Gleich im ersten Sommer wurde ein Stück Feld hergerichtet, und mit Flachs besäet. Als er blühte, wurde Ditha hinausgeführt, und Abdias sagte ihr, der ganze Himmel, der da auf den Spitzen dieser grünen stehenden Fäden klinge, gehöre ihr. Ditha stand nun recht oft vor dem blauen Tuche des Feldes und sah es an. Auf dem Heimwege pflückte sie sich einen Strauß von Zyanen, die im Korne standen.

Gegen die Mitte dieses Sommers ging ein mit dem gelben Getreide des Abdias hoch beladener Wagen in die neugebaute Scheuer und widerlegte den Wahn der in der Entfernung wohnenden Nachbarn, daß das grüne mit Steinen besäete Wiegental unfruchtbar sei. Diesem Wagen folgte bald ein zweiter, ein dritter – und er wurde so lange beladen, bis alles Ausgesäete als Ernte zu Hause war. An einem andern Platze wurde schon wieder zur Vergrößerung der Felder für das nächste Jahr gereutet.

So lebte Abdias wieder in einer andern ihm vollkommen neuen Tätigkeit, und er betrieb sie immer weiter. Nachdem mehrere Jahre vergangen waren, hatte er schon alles Land, welches ihm eigen gehörte, umgegraben, und er sann bereits darüber nach, an seinen Handelsfreund zu schreiben, daß er durch dessen Vermittlung wieder ein neues Stück dazu bekomme, welches er bearbeiten wollte. Seinen Garten hatte er erweitert, und die Mauer um das Stück ziehen lassen. Die Gebäude, die er zum Wirtschaftsbetriebe aufgeführt hatte, wurden zu klein, und er baute immer an der Erweiterung. Auch sann er über neue Dinge, die er unternehmen, und über Anlagen und Baulichkeiten, die er erfinden wollte.

Er hatte wieder mehrere Diener und Mägde genommen. Das Innere des Hauses richtete er fast so her, wie die Wohnung der Wüstenstadt zur Zeit der Esther gewesen war. Er legte weiche Teppiche, er baute durch Bretter und seidene Überzüge Nischen, ließ Ruhebetten in dieselben stellen, und gelbseidene Vorhänge vor sie niederhängen, die man auseinanderziehen konnte. In mehrere Fächer tat er Dinge, daß sie einst Ditha, wenn er tot wäre, und sie die Schlüssel bekäme, finden möge. Im Hofraume, und draußen im Tale pflanzte er Bäumchen, die ihr Schatten geben, wenn sie eine Matrone sein würde. Wenn er nach Art des Alters nicht schlafen konnte, oder wenn ihm die lange europäische Dämmerung zu lange wurde, stand er auf, und ging zu ihrem Bette, in dem sie meistens rot und gesund, wie eine Rose schlummerte. Dann sah man ihn in dem Garten herumgehen, und dies und jenes anschauen und befestigen.

Aus Büchern lesen, oder sonst etwas lernen hatte er Ditha nicht lassen; es war ihm nicht eingefallen. Von fremden Menschen kam nie einer in das Haus des Abdias herein, und wenn ein Wanderer in das Tal kam, so sah man ihn höchstens mit der hohlen Hand aus dem Bache trinken, und dann weitergehen. Die Knechte des Abdias bearbeiteten seine Felder, taten wie er anordnete, führten das Getreide auf den Markt, und brachten das bestimmte Geld heim, das Abdias immer vorauswußte, wie viel es sein mußte, weil er die Marktpreise kannte. Sonst waren sie meistens unter sich und in dem Gesindhause, das am andern Ende des Gartens stand; denn obwohl sie hier aus dem Volke seines Glaubens genommen worden waren, hatten sie doch eine Scheu vor ihm und seinem abenteuerlichen Wesen. So waren auch die andern Diener. Die Zofe Dithas saß schier immer in der Stube, weil man sie hatte aus der Stadt kommen lassen, sie nähete Kleider oder las; denn sie haßte die Luft und die Sonne. Abdias und Ditha waren immer draußen. Als er Bäume gepflanzt hatte, damit sie Schatten geben, hatte er den Himmel Europas nicht gekannt, oder nicht auf ihn gedacht; denn sie brauchten hier kaum einen Schatten. Wenn eine heiße Sonne schien, daß jedes Wesen ermattet war und Wohnung oder Kühle suchte, saß Ditha gerne auf dem Sandwege des Gartens unter abgefallener Bohnenblüte, und ließ die Mittagsstrahlen auf sich niederregnen, indem sie leise eine Weise sang, die sie selber erfunden hatte. Abdias aber, in dem weiten Talare, mit den funkelnden Augen, weißem Haupte und Barte, saß auf dem Bänkchen an dem Hause, und glänzte im Mittagsscheine. So wuchs Ditha auf, gleichsam neben Erlen, Wacholder und anderm Gesträuche der schlanke Schaft einer Wüstenaloe – so waren sie allein, und auf dem Tale lag gleichsam eine öde afrikanische Sonne.

Er hatte nach Europa verlangt, er war nun da. In Europa wurde er nicht mehr geschlagen, sein Eigentum wurde ihm nicht genommen, allein er hatte den afrikanischen Geist und die Natur der Einsamkeit nach Europa gebracht.

Öfter saß Ditha oben an dem Getreideabhange, bis wohin Abdias ganz nahe an dem Föhrenwalde seine Anlagen ausgedehnt hatte, und betrachtete die Halme des Getreides, oder der Gräser, die darin wuchsen, oder die Wolken, die an dem Himmel zogen, oder sie ließ Gräsersamen über die graue Seide ihres Kleides rieseln und sah zu, wie er rieselte. Abdias kleidete sie nämlich gerne reich, und wenn sie nicht in dem von ihr noch immer sehr geliebten Linnen ging, so ging sie in dunkelfarbiger Seide, entweder blau, oder grau, oder violett, oder schwach braun – aber niemals schwarz. Der Schnitt ihres Kleides war wohl von ferne dem europäischen ähnlich, da die Kleider von ihrer Zofe gemacht wurden, aber er mußte immer so sein, daß die Kleider weit und faltig um sie hingen, da sie von ihrer Heimat her an keinen Druck gewöhnt war, und keinen litt. Öfter stand sie auf, wenn sie lange an dem Rande des Kornes gesessen war, und wandelte allein an dem Saume des Getreides dahin, daß ihre Gestalt weit in dem Tale gesehen wurde, wie sie entweder in Linnen leuchtete, oder schwach und unbestimmt in Seide glänzte. Abdias holte sie dann gewöhnlich ab, und sie gingen miteinander nach Hause. Er dachte, er müsse mit ihr verständig reden, daß sie selber verständig würde, und fortleben könnte, wenn er tot sei. Und wenn sie so gingen, redete er mit ihr: er erzählte ihr arabische Wüstenmärchen, dichtete ihr südliche Bilder, und warf seine Beduinengedanken gleichsam wie ein Geier des Atlasses an ihr Herz. Er bediente sich hiezu meistens der arabischen Sprache, welche die seines Vaters war. Er hatte wohl, wie er es in seinen jugendlichen Wanderjahren sich angewöhnt hatte, sehr schnell die Sprache des Landes gelernt, und hatte sie mit denen, mit welchen er früher im Handel umgegangen war, geredet, und redete sie mit denen, die er jetzt im Dienste hatte; aber mit Ditha sprach er am liebsten arabisch. Da er aber auch zuweilen eine andere Sprache des Morgenlandes gegen sie gebrauchte, da sie auch sowohl von seinem Munde als auch von dem der Dienstleute die Landessprache lernte; so kannte sie eigentlich ein Gemisch von allem, drückte sich darin aus, und hatte eine Gedankenweise, die dieser Sprache angemessen war.

Wenn Abdias nun so vorausdachte, wie alles werden würde; wenn er an einen künftigen Bräutigam dachte, so fiel ihm die schöne, dunkle, freundliche Gestalt Urams ein, dem er sie gegeben hätte – aber da Uram tot war, konnte er sich nichts anders denken, als daß Ditha immer schöner und blühender werde und so fortleben würde.

Und in der Tat schien es, daß dieser Wunsch in Erfüllung gehen sollte. Sie war in der letzten Zeit bedeutend vollkommener geworden. Ihr Körper war stärker, das Auge ward schöner, dunkler, sehnsüchtiger, die Lippe reifer, und ihr Wesen kräftiger, wie sie denn überhaupt in ihrer Art das Traumhafte ihrer Mutter mit dem Feurigen ihres Vaters verband. Sie liebte diesen Vater unsäglich, und wenn sie oft gedrängt war von der wilden ungebändigten Liebe, dann nahm sie seine alte Hand, und drückte deren Finger gegen ihre Augen, ihre Stirne, ihr Herz – den Kuß kannte sie nicht, weil sie keine Mutter hatte – er aber gab nie einen, da er häßlich war.

Weil Ditha während ihrer Blindheit fast immer gesessen war, oder ihre Füße nur schwach in Bewegung hatte setzen können, wenn sie ging, ja weil sie einen bei weitem größeren Teil ihrer Zeit in dem Bette zubrachte, als außerhalb desselben, so war ihre Entwicklung sehr langsam gegangen, und obwohl sie, da ihr das Licht der Augen zu Teil geworden war, schneller als früher, fortschritt, so kam doch die Zeit der Reife bei ihr später, als sie sonst zu kommen pflegt. Sie war schon sechzehn Jahre alt, als sie an jenem Zeitpunkte angelangt zu sein schien. Ihr früheres drängendes Wesen stillte sich, das Auge wurde milder und schmachtender, und die Glieder waren schlank und freudig, wie bei jedem vollkommenen Wesen dieser Erde.

Abdias tat sich absichtlich einen Schmerz an, oder er opferte etwas Liebes, damit nicht das Schicksal ein Größeres begehre.

Wie bei allen Mädchen in dieser Zeit große Veränderungen vor sich gehen, wie namentlich in Dithas Stamme eine ruhige Schlankheit des Leibes und ein zartes Scheuen des Blickes das Hereintreten des Jungfrauenalters anzeigen, so war dieses bei Ditha ganz besonders der Fall. Ihr körperliches Wesen schien in der Tat in einer Art Spannung zu sein, und obwohl sie freudig und heiter und fast so kühn war, wie früher, so war es doch, als sei ein Ausdruck süßen Leidens über sie ausgegossen.

Es war eben Sommer und die Zeit der Ernte.

Ditha ging zu dieser Zeit an einem Nachmittage, der den andern Leuten recht heiß vorkam, über den Hügelsaum eines Kornfeldes empor, das der Vater am Tage vorher hatte abmähen lassen. Sie ging so lange, bis sie an dem oberen Rande angekommen war; denn sie hatte dort ein Feld mit Flachs, den sie spät gesäet hatte, zu dem sie sonst, da das Korn stand, immer mit Umwegen hatte gelangen müssen, und der jetzt alle Tage in Blüte zu brechen versprach. Sie war ganz allein durch die Stoppeln emporgegangen, und stand ganz allein, die höchste Gestalt, auf dem Saume der Anhöhe, wenn man den weiter draußen stehenden Föhrenwald ausnimmt, dessen Wipfel noch näher an dem Himmel hinzuziehen schienen. Auf dem Kornfelde hatten sie die Knechte des Abdias hinaufgehen gesehen, die eben über dasselbe Kornfeld nach Hause kehrten, weil sie ein

Gewitter fürchteten. Sie kümmerten sich aber nicht weiter um sie. Nur einer, da er ein wenig später den Vater sah, der Ditha zu suchen schien, sagte, wenn er seine Tochter suche, sie sei oben auf dem Bühel. Wirklich hatte sie Abdias gesucht; denn die zarte Wolkenwand war dichter geworden und schob sich über den Himmel empor, obgleich an dem größeren Teile desselben noch das reine Blau herrschte, und die Sonne noch heißer niederschien, als früher. Er stieg also, da er von dem Knechte die Nachricht erhalten hatte, über dasselbe Kornfeld, das wir erwähnten, empor, sah Ditha am Rande des Flachses stehen, und ging ganz zu ihr hinzu. Das Feld war über und über in blauer Blüte, und auf den kleinen zitternden Blättchen, über die kein Lüftchen ging, war eine große Anzahl von Tierchen.

»Was tust du denn hier, Ditha?« fragte Abdias.

»Ich schaue meinen Flachs an«, antwortete das Mädchen, »siehe, gestern war keine einzige Blume offen, und heute sind sie alle da. Ich glaube, die Stille und die Wärme haben sie hervorgetrieben.«

»Siehst du nicht die Wolken am Himmel«, sagte Abdias, »sie kommen herauf, und wir müssen nach Hause gehen, sonst wirst du naß und krank.«

»Ich sehe die Wolken«, antwortete Ditha, »aber sie kommen noch nicht so bald, wir können schon noch hinuntergehen. Wenn sie aber auch eher kommen, als sie versprechen, so werde ich doch nicht naß, denn ich will in ein solches Haus, wie sie hier aus Garben gemacht haben, hineingehen, will dort niedersitzen, und zusehen, wie die silbernen Regenkugeln in die Halme niederschießen, davon von jedem nur ein abgemähtes Stückchen empor steht. Bei mir drinnen aber wird es warm und trocken sein.«

Abdias schaute gegen den Abendhimmel, und in der Tat schien die Vermutung des Kindes wahr zu werden, daß die Wolken eher kommen würden, als sie versprachen; denn die gleiche und schwachfärbige Wand, die noch vor kurzem an dem Abendhimmel stand, hatte sich gelöset, und in Ballen gesondert, die mit weißen Rändern überhingen, und alle Augenblicke die Farbe änderten. Gegen unten, am Gesichtskreise hin, war rötliches Grau.

Abdias erkannte, daß sie vor dem Regen kaum mehr das Haus erreichen würden, und daß vielleicht der Rat Dithas der beste wäre. Da er aber der Leichtigkeit des Garbenhauses nicht traute, wenn etwa ein Wind käme, so fing er an, mit eigenen Händen noch mehr Garben herbeizutragen. Als Ditha seine Absicht begriff, half sie ihm, bis ein solcher Vorrat beisammen war, daß er die Wetterseite mit einer dichten Garbenmauer besetzen, und dem Ganzen eine solche Festigkeit geben konnte, daß es nicht leicht vom Winde zu zerreißen war. Gegen Morgen ließ er die Öffnung frei, daß sie auf das Spiel des Regens hinaussehen, und eine Übersicht auf den Abzug des Gewitters haben könnten. Das Obdach wurde endlich fertig, aber es rührte sich noch immer kein Lüftchen, und es fiel kein Tropfen. Die gelben Stoppeln lagen vor ihnen, die zarten von dem Schirme der weggenommenen Halme entblößten Gräschen regten sich nicht, und über dem blauen Felde des Flachses hoch in der Luft sang eine Lerche, von dem fernen tiefen Donner zuweilen unterbrochen.

Ditha hatte ihre Gewitterfreudigkeit, sie wendete sich gegen Abend, und sagte: »Wie es so herrlich ist, wie es so unsäglich herrlich ist. Weil du nun auch da bist, o Vater, so ist es mir noch lieber.«

Sie standen vor ihrer aus Garben aufgebauten Behausung, schauten die Wolken an, und waren in jedem Augenblicke bereit, wenn der Regen beginne, sich in die Hütte hineinzusetzen. In den oberen Teilen des Himmels mußte schon der Wind herrschen; denn die grauen Schleier, welche dem Gewitter vorherzugehen pflegen, liefen sichtlich dahin, sie hatten schon die Sonne überholt, standen bereits über den Häuptern der Zuschauenden und eilten gegen Morgen.

Abdias hatte im Innern des gebauten Obdaches mehrere Garben zu einem Sitze zurechtgelegt, und setzte sich hinein. Ditha, mit der den Kindern eigentümlichen Liebe zur Heimlichkeit setzte sich in dem kleinen gelben Häuschen zu ihm. Der vor ihnen gegen Morgen offengelassene Raum nützte gerade so viel, daß sie zu ihren Füßen ein Teilchen Stoppelfeld sahen, dann ein Stückchen Flachs, und oben die grauen luftigen Schleier, die am Himmel hinzogen, auch konnten sie die Lerche hören, die oberhalb des Flachses sang. Die Donner waren noch immer ferne, obgleich die Wolken schon den ganzen Himmel angefüllt hatten, und nicht nur über ihre Häupter, sondern auch schon weit gegen Morgen hinausgegangen waren.

In diesem Verstecke saßen sie und sprachen miteinander.

»Glaubst du nicht auch«, sagte Ditha, »daß die Wolken gar nicht dicht sind, und daß sie gewiß nicht große und gar schwere Tropfen werden fallen lassen? Es wäre mir leid, wenn sie die feinen schönen Linnenblüten herabschlügen, die heute erst aufgebrochen sind.«

»Ich denke, daß sogar schwere Tropfen die blauen Blätter nicht abzuschlagen vermögen, weil sie erst heute aufgeblüht sind, und noch strenge haften«, sagte Abdias.

»Ich liebe die Flachspflanzen sehr«, fing nach einer Weile Schweigens Ditha wieder an, »es hat mir Sara auf mein Befragen vor langer Zeit, da noch das traurige schwarze Tuch in meinem Haupte war, vieles von dem Flachse erzählt, aber ich habe es damals nicht verstanden. Jetzt aber verstehe ich es und habe es selbst beobachtet. Sie ist ein Freund des Menschen, diese Pflanze, hat Sara gesagt, sie hat den Menschen lieb. Ich weiß es jetzt, daß es so ist. Zuerst hat sie die schöne Blüte auf dem grünen Säulchen, dann wenn sie tot ist, und durch die Luft und das Wasser zubereitet wird, gibt sie uns die weichen silbergrauen Fasern, aus denen die Menschen das Gewebe machen, welches, wie schon Sara sagte, ihre eigentlichste Wohnung ist, von der Wiege bis zum Grabe. Siehst du, das ist auch wahr: – wie sie nur so wunderbar, diese Pflanze, zu dem weißen lichten Schnee zu bleichen ist – dann legt man die Kinder, wenn sie recht klein sind, wie ich war, hinein, und hüllt die Glieder zu – ihrer Tochter hat Sara viel Linnen mitgegeben, da sie fortzog, um den fremden Mann zu heiraten, der sie wollte; sie war eine Braut, und je größere Berge dieses Schnees man einer Braut mitgeben kann, desto reicher ist sie – unsere Knechte tragen die weißen Linnenärmel auf den bloßen Armen – und wenn wir tot sind, hüllen sie die weißen Tücher um uns, weißt du.« – –

Sie schwieg plötzlich. Ihm war es, als hätte er seitwärts an der Garbe einen sanften Schein lodern gesehen. Er dachte, sie habe wieder ihren Schimmer; denn er hatte schon früher alle Spitzen von Bändchen und Haaren an ihr aufwärts stehen gesehen. – Aber sie hatte ihren Schimmer nicht gehabt. Da er hinblickte, war schon alles vorüber. Es war auf den Schein ein kurzes heiseres Krachen gefolgt, und Ditha lehnte gegen eine Garbe zurück, und war tot.

Kein Tropfen Regen fiel, nur die dünnen Wolken rieselten, wie schnell gezogene Schleier, über den Himmel.

Der Greis gab nicht einen Laut von sich, sondern er starrte das Wesen vor sich an, und glaubte es nicht, daß dies Ding seine Tochter sei. Ihre Augen waren geschlossen und der redende Mund stand stille.

Er schüttelte sie, und redete ihr zu – – aber sie sank aus seiner Hand und war tot.

Er selber hatte nicht die geringste Erschütterung empfunden. Draußen war es, als sei auch noch kein Gewitter an die Stelle gekommen. Die folgenden Donner waren wieder ferne, es ging kein Lüftchen, und zeitweise sang noch die Lerche.

Dann stand der Mann auf, lud das tote Mädchen mechanisch auf seine Schulter und trug sie nach Hause.

Zwei Hirten, die ihm begegneten, entsetzten sich, wie sie ihn so im Winde, der mittlerweile aufgestanden war, schreiten sahen, und wie das Haupt und der Arm des Kindes rückwärts seiner Schulter herabhing.

Das neue Wunder und Strafgericht, wie sie es nannten, flog sogleich durch das Land. Am dritten Tage nach dem Unglücke kamen Brüder seines Volkes und legten die Lilie in die Erde.

Das Gewitter, welches dem Kinde mit seiner weichen Flamme das Leben von dem Haupte geküßt hatte, schüttete an dem Tage noch auf alle Wesen reichlichen Segen herab, und hatte, wie jenes, das ihr das Augenlicht gegeben, mit einem schönen Regenbogen im weiten Morgen geschlossen.

Abdias saß nach diesem Ereignisse auf dem Bänkchen vor seinem Hause, und sagte nichts, sondern er schaute die Sonne an. Er saß viele Jahre, die Knechte besorgten auf Anordnung des Handelsfreundes, von dem wir öfter geredet hatten, die Felder – aus Dithas Gliedern sproßten Blumen und Gras – eine Sonne nach der andern verging, ein Sommer nach dem andern – und er wußte nicht, wie lange er gesessen war, denn nach glaublichen Aussagen war er wahnsinnig gewesen.

Auf einmal erwachte er wieder, und wollte jetzt nach Afrika reisen, um Melek ein Messer in das Herz zu stoßen; aber er konnte nicht mehr; denn seine Diener mußten ihn am Morgen aus dem Hause bringen, und mittags und abends wieder hinein.

Dreißig Jahre nach dem Tode Dithas lebte Abdias noch.

Wie lange nachher, weiß man nicht. In hohem Alter hatte er die schwarze Farbe verloren, und war wieder gebleicht worden, wie er in seiner Jugend gewesen war. Viele Menschen haben ihn auf der Bank seines Hauses sitzen gesehen.

Eines Tages saß er nicht mehr dort, die Sonne schien auf den leeren Platz, und auf seinen frischen

Grabhügel, aus dem bereits Spitzen von Gräsern hervorsahen.

Wie alt er geworden war, wußte man nicht. Manche sagten, es seien weit über hundert Jahre gewesen.

Das öde Tal ist seit der Zeit ein fruchtbares, das weiße Haus steht noch, ja es ist nach der Zeit noch verschönert und vergrößert worden, und das Ganze ist das Eigentum der Söhne des Handelsfreundes des Abdias.

So endete das Leben und die Laufbahn des Juden Abdias.

BERGKRISTALL

Unsere Kirche feiert verschiedene Feste, welche zum Herzen dringen. Man kann sich kaum etwas Lieblicheres denken als Pfingsten und kaum etwas Ernsteres und Heiligeres als Ostern. Das Traurige und Schwermütige der Karwoche und darauf das Feierliche des Sonntags begleiten uns durch das Leben. Eines der schönsten Feste feiert die Kirche fast mitten im Winter, wo beinahe die längsten Nächte und kürzesten Tage sind, wo die Sonne am schiefsten gegen unsere Gefilde steht, und Schnee alle Fluren deckt, das Fest der Weihnacht. Wie in vielen Ländern der Tag vor dem Geburtsfeste des Herrn der Christabend heißt, so heißt er bei uns der Heilige Abend, der darauffolgende Tag der Heilige Tag und die dazwischenliegende Nacht die Weihnacht. Die katholische Kirche begeht den Christtag als den Tag der Geburt des Heilandes mit ihrer allergrößten kirchlichen Feier, in den meisten Gegenden wird schon die Mitternachtstunde als die Geburtstunde des Herrn mit prangender Nachtfeier geheiligt, zu der die Glocken durch die stille finstere winterliche Mitternachtluft laden, zu der die Bewohner mit Lichtern oder auf dunkeln wohlbekannten Pfaden aus schneeigen Bergen an bereiften Wäldern vorbei und durch knarrende Obstgärten zu der Kirche eilen, aus der die feierlichen Töne kommen, und die aus der Mitte des in beeiste Bäume gehüllten Dorfes mit den langen beleuchteten Fenstern emporragt.

Mit dem Kirchenfeste ist auch ein häusliches verbunden. Es hat sich fast in allen christlichen Ländern verbreitet, dass man den Kindern die Ankunft des Christkindleins – auch eines Kindes, des wunderbarsten, das je auf der Welt war – als ein heiteres glänzendes feierliches Ding zeigt, das durch das ganze Leben fortwirkt, und manchmal noch spät im Alter bei trüben schwermütigen oder rührenden Erinnerungen gleichsam als Rückblick in die einstige Zeit mit den bunten schimmernden Fittigen durch den öden, traurigen und ausgeleerten Nachthimmel fliegt. Man pflegt den Kindern die Geschenke zu geben, die das heilige Christkindlein gebracht hat, um ihnen Freude zu machen. Das tut man gewöhnlich am Heiligen Abende, wenn die tiefe Dämmerung eingetreten ist. Man zündet Lichter und meistens sehr viele an, die oft mit den kleinen Kerzlein auf den schönen grünen Ästen eines Tannen- oder Fichtenbäumchens schweben, das mitten in der Stube steht. Die Kinder dürfen nicht eher kommen, als bis das Zeichen gegeben wird, dass der heilige Christ zugegen gewesen ist, und die Geschenke, die er mitgebracht, hinterlassen hat. Dann geht die Tür auf, die Kleinen dürfen hinein, und bei dem herrlichen schimmernden Lichterglanze sehen sie Dinge auf dem Baume hängen oder auf dem Tische herumgebreitet, die alle Vorstellungen ihrer Einbildungskraft weit übertreffen, die sie sich nicht anzurühren getrauen, und die sie endlich, wenn sie sie bekommen haben, den ganzen Abend in ihren Ärmchen herumtragen, und mit sich in das Bett nehmen. Wenn sie dann zuweilen in ihre Träume hinein die Glockentöne der Mitternacht hören, durch welche die Großen in die Kirche zur Andacht gerufen werden, dann mag es ihnen sein, als zögen jetzt die Englein durch den Himmel, oder als kehre der heilige Christ nach Hause, welcher nunmehr bei allen Kindern gewesen ist, und jedem von ihnen ein herrliches Geschenk hinterbracht hat.

Wenn dann der folgende Tag, der Christtag, kömmt, so ist er ihnen so feierlich, wenn sie frühmorgens mit ihren schönsten Kleidern angetan in der warmen Stube stehen, wenn der Vater und die Mutter sich zum Kirchgange schmücken, wenn zu Mittage ein feierliches Mahl ist, ein besseres als in jedem Tage des ganzen Jahres, und wenn nachmittags oder gegen den Abend hin Freunde und Bekannte kommen, auf den Stühlen und Bänken herumsitzen, miteinander reden, und behaglich durch die Fenster in die Wintergegend hinausschauen können, wo entweder die langsamen Flocken niederfallen, oder ein trübender Nebel um die Berge steht, oder die blutrote kalte Sonne hinabsinkt. An verschiedenen Stellen der

Stube, entweder auf einem Stühlchen oder auf der Bank oder auf dem Fensterbrettchen liegen die zaubrischen nun aber schon bekannteren und vertrauteren Geschenke von gestern Abend herum.

Hierauf vergeht der lange Winter, es kömmt der Frühling und der unendlich dauernde Sommer – und wenn die Mutter wieder vom heiligen Christe erzählt, dass nun bald sein Festtag sein wird, und dass er auch diesmal herabkommen werde, ist es den Kindern, als sei seit seinem letzten Erscheinen eine ewige Zeit vergangen, und als liege die damalige Freude in einer weiten nebelgrauen Ferne.

Weil dieses Fest so lange nachhält, weil sein Abglanz so hoch in das Alter hinaufreicht, so stehen wir so gerne dabei, wenn Kinder dasselbe begehen, und sich darüber freuen. – –

In den hohen Gebirgen unsers Vaterlandes steht ein Dörfchen mit einem kleinen aber sehr spitzigen Kirchturme, der mit seiner roten Farbe, mit welcher die Schindeln bemalt sind, aus dem Grün vieler Obstbäume hervorragt, und wegen derselben roten Farbe in dem duftigen und blauen Dämmern der Berge weithin ersichtlich ist. Das Dörfchen liegt gerade mitten in einem ziemlich weiten Tale, das fast wie ein länglicher Kreis gestaltet ist. Es enthält außer der Kirche eine Schule, ein Gemeindehaus und noch mehrere stattliche Häuser, die einen Platz gestalten, auf welchem vier Linden stehen, die ein steinernes Kreuz in ihrer Mitte haben. Diese Häuser sind nicht bloße Landwirtschaftshäuser, sondern sie bergen auch noch diejenigen Handwerke in ihrem Schoße, die dem menschlichen Geschlechte unentbehrlich sind, und die bestimmt sind, den Gebirgsbewohnern ihren einzigen Bedarf an Kunsterzeugnissen zu decken. Im Tale und an den Bergen herum sind noch sehr viele zerstreute Hütten, wie das in Gebirgsgegenden sehr oft der Fall ist, welche alle nicht nur zur Kirche und Schule gehören, sondern auch jenen Handwerken, von denen gesprochen wurde, durch Abnahme der Erzeugnisse ihren Zoll entrichten. Es gehören sogar noch weitere Hütten zu dem Dörfchen, die man von dem Tale aus gar nicht sehen kann, die noch tiefer in den Gebirgen stecken, deren Bewohner selten zu ihren Gemeindemitbrüdern herauskommen, und die im Winter oft ihre Toten aufbewahren müssen, um sie nach dem Wegschmelzen des Schnees zum Begräbnisse bringen zu können. Der größte Herr, den die Dörfler im Laufe des Jahres zu sehen bekommen, ist der Pfarrer. Sie verehren ihn sehr, und es geschieht gewöhnlich, dass derselbe durch längeren Aufenthalt im Dörfchen ein der Einsamkeit gewöhnter Mann wird, dass er nicht ungerne bleibt, und einfach fortlebt. Wenigstens hat man seit Menschengedenken nicht erlebt, dass der Pfarrer des Dörfchens ein auswärtssüchtiger oder seines Standes unwürdiger Mann gewesen wäre.

Es gehen keine Straßen durch das Tal, sie haben ihre zweigleisigen Wege, auf denen sie ihre Felderzeugnisse mit einspännigen Wäglein nach Hause bringen, es kommen daher wenig Menschen in das Tal, unter diesen manchmal ein einsamer Fußreisender, der ein Liebhaber der Natur ist, eine Weile in der bemalten Oberstube des Wirtes wohnt, und die Berge betrachtet, oder gar ein Maler, der den kleinen spitzen Kirchturm und die schönen Gipfel der Felsen in seine Mappe zeichnet.

Daher bilden die Bewohner eine eigene Welt, sie kennen einander alle mit Namen und mit den einzelnen Geschichten von Großvater und Urgroßvater her, trauern alle, wenn einer stirbt, wissen, wie er heißt, wenn einer geboren wird, haben eine Sprache, die von der der Ebene draußen abweicht, haben ihre Streitigkeiten, die sie schlichten, stehen einander bei, und laufen zusammen, wenn sich etwas Außerordentliches begibt.

Sie sind sehr stetig und es bleibt immer beim Alten. Wenn ein Stein aus einer Mauer fällt, wird derselbe wieder hineingesetzt, die neuen Häuser werden wie die alten gebaut, die schadhaften Dächer werden mit gleichen Schindeln ausgebessert, und wenn in einem Hause scheckige Kühe sind, so werden immer solche Kälber aufgezogen, und die Farbe bleibt bei dem Hause.

Gegen Mittag sieht man von dem Dorfe einen

Schneeberg, der mit seinen glänzenden Hörnern fast oberhalb der Hausdächer zu sein scheint, aber in der Tat doch nicht so nahe ist. Er sieht das ganze Jahr, Sommer und Winter, mit seinen vorstehenden Felsen und mit seinen weißen Flächen in das Tal herab. Als das Auffallendste, was sie in ihrer Umgebung haben, ist der Berg der Gegenstand der Betrachtung der Bewohner, und er ist der Mittelpunkt vieler Geschichten geworden. Es lebt kein Mann und Greis in dem Dorfe, der nicht von den Zacken und Spitzen des Berges, von seinen Eisspalten und Höhlen, von seinen Wässern und Geröllströmen etwas zu erzählen wüsste, was er entweder selbst erfahren, oder von andern erzählen gehört hat. Dieser Berg ist auch der Stolz des Dorfes, als hätten sie ihn selber gemacht, und es ist nicht so ganz entschieden, wenn man auch die Biederkeit und Wahrheitsliebe der Talbewohner hoch anschlägt, ob sie nicht zuweilen zur Ehre und zum Ruhme des Berges lügen. Der Berg gibt den Bewohnern außer dem, dass er ihre Merkwürdigkeit ist, auch wirklichen Nutzen; denn wenn eine Gesellschaft von Gebirgsreisenden hereinkömmt, um von dem Tale aus den Berg zu besteigen, so dienen die Bewohner des Dorfes als Führer, und einmal Führer gewesen zu sein, dieses und jenes erlebt zu haben, diese und jene Stelle zu kennen, ist eine Auszeichnung, die jeder gerne von sich darlegt. Sie reden oft davon, wenn sie in der Wirtsstube beieinander sitzen, und erzählen ihre Wagnisse und ihre wunderbaren Erfahrungen, und versäumen aber auch nie zu sagen, was dieser oder jener Reisende gesprochen habe, und was sie von ihm als Lohn für ihre Bemühungen empfangen hätten. Dann sendet der Berg von seinen Schneeflächen die Wasser ab, welche einen See in seinen Hochwäldern speisen, und den Bach erzeugen, der lustig durch das Tal strömt, die Brettersäge die Mahlmühle und andere kleine Werke treibt, das Dorf reinigt, und das Vieh tränkt. Von den Wäldern des Berges kömmt das Holz, und sie halten die Lawinen auf. Durch die innern Gänge und Lockerheiten der Höhen sinken die Wasser durch, die dann in Adern durch das Tal gehen, und in Brünnlein und Quellen hervorkommen, daraus die Menschen trinken, und ihr herrliches oft belobtes Wasser dem Fremden reichen. Allein an letzteren Nutzen denken sie nicht, und meinen, das sei immer so gewesen.

Wenn man auf die Jahresgeschichte des Berges sieht, so sind im Winter die zwei Zacken seines Gipfels, die sie Hörner heißen, schneeweiß, und stehen, wenn sie an hellen Tagen sichtbar sind, blendend in der finstern Bläue der Luft; alle Bergfelder, die um diese Gipfel herum lagern, sind dann weiß; alle Abhänge sind so; selbst die steilrechten Wände, die die Bewohner Mauern heißen, sind mit einem angeflogenen weißen Reife bedeckt, und mit zartem Eise wie mit einem Firnisse belegt, sodass die ganze Masse wie ein Zauberpalast aus dem bereiften Grau der Wälderlast emporragt, welche schwer um ihre Füße herum ausgebreitet ist. Im Sommer, wo Sonne und warmer Wind den Schnee von den Steilseiten wegnimmt, ragen die Hörner nach dem Ausdrucke der Bewohner schwarz in den Himmel, und haben nur schöne weiße Äderchen und Sprenkeln auf ihrem Rücken, in der Tat aber sind sie zart fernblau, und was sie Äderchen und Sprenkeln heißen, das ist nicht weiß, sondern hat das schöne Milchblau des fernen Schnees gegen das dunklere der Felsen. Die Bergfelder um die Hörner aber verlieren, wenn es recht heiß ist, an ihren höheren Teilen wohl den Firn nicht, der gerade dann recht weiß auf das Grün der Talbäume herabsieht, aber es weicht von ihren unteren Teilen der Winterschnee, der nur einen Flaum machte, und es wird das unbestimmte Schillern von Bläulich und Grünlich sichtbar, das das Geschiebe von Eis ist, das dann bloßliegt, und auf die Bewohner unten hinabgrüßt. Am Rande dieses Schillerns, wo es von ferne wie ein Saum von Edelsteinsplittern aussieht, ist es in der Nähe ein Gemenge wilder riesenhafter Blöcke, Platten und Trümmer, die sich drängen, und verwirrt ineinandergeschoben sind. Wenn ein Sommer gar heiß und lang ist, werden die Eisfelder weit hinauf entblößt, und dann schaut eine viel größere Fläche von Grün und Blau in das Tal, manche Kuppen und Räume werden entkleidet, die man sonst nur weiß erblickt hatte, der schmutzige Saum des Eises wird sichtbar, wo es Felsen, Erde und Schlamm schiebt, und viel reichlichere Wasser als sonst fließen in das Tal. Dies geht fort, bis es nach und nach wieder Herbst wird, das Wasser sich verringert, zu einer Zeit einmal ein grauer Landregen die ganze Ebene des Tales bedeckt, worauf, wenn sich die Nebel von den Höhen wieder lösen, der Berg seine weiche Hülle abermals umgetan hat, und alle Felsen Kegel und Zacken in weißem Kleide dastehen. So spinnt es sich ein Jahr um das andere mit geringen Abwechslungen ab, und wird sich fortspinnen, solange die Natur so bleibt, und auf den Bergen Schnee und in den Tälern Menschen sind. Die Bewohner des Tales heißen die geringen Veränderungen große, bemerken sie wohl, und berechnen an ihnen den Fortschritt des Jahres. Sie bezeichnen an den Entblößungen die Hitze und die Ausnahmen der Sommer.

Was nun noch die Besteigung des Berges betrifft, so geschieht dieselbe von dem Tale aus. Man geht nach der Mittagsrichtung zu auf einem guten schönen Wege, der über einen sogenannten Hals in ein anderes Tal führt. Hals heißen sie einen mäßig hohen Bergrücken, der zwei größere und bedeutendere Gebirge miteinander verbindet, und über den man zwischen den Gebirgen von einem Tale in ein anderes gelangen kann. Auf dem Halse, der den Schneeberg mit einem gegenüberliegenden großen Gebirgszuge verbindet, ist lauter Tannenwald. Etwa auf der größten Erhöhung desselben, wo nach und nach sich der Weg in das jenseitige Tal hinab zu senken beginnt, steht eine sogenannte Unglücksäule. Es ist einmal ein Bäcker, welcher Brot in seinem Korbe über den Hals trug, an jener Stelle tot gefunden worden. Man hat den toten Bäcker mit dem Korbe und mit den umringenden Tannenbäumen auf ein Bild gemalt, darunter eine Erklärung und eine Bitte um ein Gebet geschrieben, das Bild auf eine rot angestrichene hölzerne Säule getan, und die Säule an der Stelle des Unglückes aufgerichtet. Bei dieser Säule biegt man von dem Wege ab, und geht auf der Länge des Halses fort, statt über seine Breite in das jenseitige Tal hinüber zu wandern. Die Tannen bilden dort einen Durchlass, als ob eine Straße zwischen ihnen hinginge. Es führt auch manchmal ein Weg in dieser Richtung hin, der dazu dient, das Holz von den höheren Gegenden zu der Unglücksäule herabzubringen, der aber dann wieder mit Gras verwächst. Wenn man auf diesem Wege fortgeht, der sachte bergan führt, so gelangt man endlich auf eine freie von Bäumen entblößte Stelle. Dieselbe ist dürrer Heideboden, hat nicht einmal einen Strauch, sondern ist mit schwachem Heidekraute, mit trockenen Moosen und mit Dürrbodenpflanzen bewachsen. Die Stelle wird immer steiler, und man geht lange hinan; man geht aber immer in einer Rinne gleichsam wie in einem ausgerundeten

Graben hinan, was den Nutzen hat, dass man auf der großen baumlosen und überall gleichen Stelle nicht leicht irren kann. Nach einer Zeit erscheinen Felsen, die wie Kirchen gerade aus dem Grasboden aufsteigen, und zwischen deren Mauern man längere Zeit hinangehen kann. Dann erscheinen wieder kahle fast pflanzenlose Rücken, die bereits in die Lufträume der höhern Gegenden ragen, und gerade zu dem Eise führen. Zu beiden Seiten dieses Weges sind steile Wände, und durch diesen Damm hängt der Schneeberg mit dem Halse zusammen. Um das Eis zu überwinden, geht man eine geraume Zeit an der Grenze desselben, wo es von den Felsen umstanden ist, dahin, bis man zu dem ältern Firn gelangt, der die Eisspalten überbaut, und in den meisten Zeiten des Jahres den Wanderer trägt. An der höchsten Stelle des Firns erheben sich die zwei Hörner aus dem Schnee, wovon eines das höhere mithin die Spitze des Berges ist. Diese Kuppen sind sehr schwer zu erklimmen; da sie mit einem oft breiteren oft engeren Schneegraben – dem Firnschrunde – umgeben sind, der übersprungen werden muss, und da ihre steilrechten Wände nur kleine Absätze haben, in welche der Fuß eingesetzt werden muss, so begnügen sich die meisten Besteiger des Berges damit, bis zu dem Firnschrunde gelangt zu sein, und dort die Rundsicht, soweit sie nicht durch das Horn verdeckt ist, zu genießen. Die den Gipfel besteigen wollen, müssen dies mit Hilfe von Steigeisen, Stricken und Klammern tun.

Außer diesem Berge stehen an derselben Mittagseite noch andere, aber keiner ist so hoch, wenn sie sich auch früh im Herbste mit Schnee bedecken, und ihn bis tief in den Frühling hinein behalten. Der Sommer aber nimmt denselben immer weg, und die Felsen glänzen freundlich im Sonnenscheine, und die tiefer gelegenen Wälder zeigen ihr sanftes Grün von breiten blauen Schatten durchschnitten, die so schön sind, dass man sich in seinem Leben nicht satt daran sehen kann.

An den andern Seiten des Tales nämlich von Mitternacht Morgen und Abend her sind die Berge langgestreckt und niederer, manche Felder und Wiesen steigen ziemlich hoch hinauf, und oberhalb ihrer sieht man verschiedene Waldblößen Alpenhütten und dergleichen, bis sie an ihrem Rande mit feingezacktem Walde am Himmel hingehen, welche Auszackung eben ihre geringe Höhe anzeigt, während die mittäglichen Berge, obwohl sie noch großartigere Wälder hegen, doch mit einem ganz glatten Rande an dem glänzenden Himmel hinstreichen.

Wenn man so ziemlich mitten in dem Tale steht, so hat man die Empfindung, als ginge nirgends ein Weg in dieses Becken herein und keiner daraus hinaus; allein diejenigen, welche öfter im Gebirge gewesen sind, kennen diese Täuschung gar wohl: in der Tat führen nicht nur verschiedene Wege und darunter sogar manche durch die Verschiebungen der Berge fast auf ebenem Boden in die nördlichen Flächen hinaus, sondern gegen Mittag, wo das Tal durch steilrechte Mauern fast geschlossen scheint, geht sogar ein Weg über den obbenannten Hals.

Das Dörflein heißt Gschaid, und der Schneeberg, der auf seine Häuser herabschaut, heißt Gars.

Jenseits des Halses liegt ein viel schöneres und blühenderes Tal, als das von Gschaid ist, und es führt von der Unglücksäule der gebahnte Weg hinab. Es hat an seinem Eingange einen stattlichen Marktflecken Millsdorf, der sehr groß ist, verschiedene Werke hat, und in manchen Häusern städtische Gewerbe und Nahrung treibt. Die Bewohner sind viel wohlhabender als die in Gschaid, und obwohl nur drei Wegstunden zwischen den beiden Tälern liegen, was für die an große Entfernungen gewöhnten und Mühseligkeiten liebenden Gebirgsbewohner eine unbedeutende Kleinigkeit ist, so sind doch Sitten und Gewohnheiten in den beiden Tälern so verschieden, selbst der äußere Anblick derselben ist so ungleich, als ob eine große Anzahl Meilen zwischen ihnen läge. Das ist in Gebirgen sehr oft der Fall, und hängt nicht nur von der verschiedenen Lage der Täler gegen die Sonne ab, die sie oft mehr oder weniger begünstigt, sondern auch von dem Geiste der Bewohner, der durch gewisse Beschäftigungen nach dieser oder jener Richtung gezogen wird. Darin stimmen aber alle überein, dass sie an Herkömmlichkeiten und Väterweise hängen, großen Verkehr leicht entbehren, ihr Tal außerordentlich lieben, und ohne demselben kaum leben können.

Es vergehen oft Monate oft fast ein Jahr, ehe ein Bewohner von Gschaid in das jenseitige Tal hinüberkömmt, und den großen Marktflecken Millsdorf besucht. Die Millsdorfer halten es ebenso, obwohl sie ihrerseits doch Verkehr mit dem Lande draußen pflegen, und daher nicht so abgeschieden sind wie die Gschaider. Es geht sogar ein Weg, der eine Straße heißen könnte, längs ihres Tales, und mancher Reisende und mancher Wanderer geht hindurch, ohne nur im Geringsten zu ahnen, dass mitternachtwärts seines Weges jenseits des hohen herabblickenden Schneebergs noch ein Tal sei, in dem viele Häuser zerstreut sind, und in dem das Dörflein mit dem spitzigen Kirchturme steht.

Unter den Gewerben des Dorfes, welche bestimmt sind, den Bedarf des Tales zu decken, ist auch das eines Schusters, das nirgends entbehrt werden kann, wo die Menschen nicht in ihrem Urzustande sind. Die Gschaider aber sind so weit über diesem Stande, dass sie recht gute und tüchtige Gebirgsfußbekleidung brauchen. Der Schuster ist mit einer kleinen Ausnahme der einzige im Tale. Sein Haus steht auf dem Platze in Gschaid, wo überhaupt die besseren stehen, und schaut mit seinen grauen Mauern, weißen Fenstersimsen und grün angestrichenen Fensterläden auf die vier Linden hinaus. Es hat im Erdgeschosse die Arbeitsstube die Gesellenstube eine größere und kleinere Wohnstube ein Verkaufstübchen nebst Küche und Speisekammer und allen zugehörigen Gelassen; im ersten Stockwerke, oder eigentlich im Raume des Giebels hat es die Oberstube oder eigentliche Prunkstube. Zwei Prachtbetten schöne geglättete Kästen mit Kleidern stehen da, dann ein Gläserkästchen mit Geschirren ein Tisch mit eingelegter Arbeit gepolsterte Sessel ein Mauerkästchen mit den Ersparnissen, dann hängen an den Wänden Heiligenbilder zwei schöne Sackuhren gewonnene Preise im Schießen, und endlich sind auch Scheibengewehre und Jagdbüchsen nebst ihrem Zugehöre in einem eigenen mit Glastafeln versehenen Kasten aufgehängt. An das Schusterhaus ist ein kleineres Häuschen nur durch den Einfahrtsschwibbogen getrennt angebaut, welches genau dieselbe Bauart hat, und zum Schusterhause wie ein Teil zum Ganzen gehört. Es hat nur eine Stube mit den dazugehörigen Wohnteilen. Es hat die Bestimmung, dem Hausbesitzer, sobald er das Anwesen seinem Sohne oder Nachfolger übergeben hat, als sogenanntes Ausnahmstübchen zu dienen, in welchem er mit seinem Weibe so lange haust, bis beide gestorben sind, die Stube wieder leersteht, und auf einen neuen Bewohner wartet. Das Schusterhaus hat nach rückwärts Stall und Scheune; denn jeder Talbewohner ist, selbst wenn er ein Gewerbe treibt, auch Landbebauer und zieht hieraus seine gute und nachhaltige Nahrung. Hinter diesen Gebäuden ist endlich der Garten, der fast bei keinem besseren Hause in Gschaid fehlt, und von dem sie ihre Gemüse, ihr Obst und für festliche Gelegenheiten ihre Blumen ziehen. Wie oft im Gebirge so ist auch in Gschaid die Bienenzucht in diesen Gärten sehr verbreitet.

Die kleine Ausnahme, deren oben Erwähnung geschah, und die Nebenbuhlerschaft der Alleinherrlichkeit des Schusters ist ein anderer Schuster, der alte Tobias, der aber eigentlich kein Nebenbuhler ist, weil er nur mehr flickt, hierin viel zu tun hat, und es sich nicht im Entferntesten beikommen lässt, mit dem vornehmen Platzschuster in einen Wettstreit einzugehen, insbesondere, da der Platzschuster ihn häufig mit Lederflecken Sohlenabschnitten und dergleichen Dingen unentgeltlich versieht. Der alte Tobias sitzt im Sommer am Ende des Dörfchens unter Holunderbüschen, und arbeitet. Er ist umringt von Schuhen und Bundschuhen, die aber sämtlich alt grau kotig und zerrissen sind. Stiefel mit langen Röhren sind nicht da, weil sie im Dorfe und in der Gegend nicht getragen werden; nur zwei Personen haben solche, der Pfarrer und der Schullehrer, welche aber beides, flicken und neue Ware machen, nur bei dem

Platzschuster lassen. Im Winter sitzt der alte Tobias in seinem Stübchen hinter den Holunderstauden, und hat warm geheizt, weil das Holz in Gschaid nicht teuer ist.

Der Platzschuster ist, ehe er das Haus angetreten hat, ein Gemsewildschütze gewesen, und hat überhaupt in seiner Jugend, wie die Gschaider sagen, nicht gut getan. Er war in der Schule immer einer der besten Schüler gewesen, hatte dann von seinem Vater das Handwerk gelernt, ist auf Wanderung gegangen, und ist endlich wieder zurückgekehrt. Statt, wie es sich für einen Gewerbsmann ziemt, und wie sein Vater es zeitlebens getan, einen schwarzen Hut zu tragen, tat er einen grünen auf, steckte noch alle bestehenden Federn darauf, und stolzierte mit ihm und mit dem kürzesten Lodenrocke, den es im Tale gab, herum, während sein Vater immer einen Rock von dunkler womöglich schwarzer Farbe hatte, der auch, weil er einem Gewerbsmanne angehörte, immer sehr weit herab geschnitten sein musste. Der junge Schuster war auf allen Tanzplätzen und Kegelbahnen zu sehen. Wenn ihm jemand eine gute Lehre gab, so pfiff er ein Liedlein. Er ging mit seinem Scheibengewehre zu allen Schießen der Nachbarschaft, und brachte manchmal einen Preis nach Hause, was er für einen großen Sieg hielt. Der Preis bestand meistens aus Münzen, die künstlich gefasst waren, und zu deren Gewinnung der Schuster mehr gleiche Münzen ausgeben musste, als der Preis enthielt, besonders, da er wenig haushälterisch mit dem Gelde war. Er ging auf alle Jagden, die in der Gegend abgehalten wurden, und hatte sich den Namen eines guten Schützen erworben. Er ging aber auch manchmal allein mit seiner Doppelbüchse und mit Steigeisen fort, und einmal sagte man, dass er eine schwere Wunde im Kopfe erhalten habe.

In Millsdorf war ein Färber, welcher gleich am Anfange des Marktfleckens, wenn man auf dem Wege von Gschaid hinüberkam, ein sehr ansehnliches Gewerbe hatte, mit vielen Leuten und sogar, was im Tale etwas Unerhörtes war, mit Maschinen arbeitete. Außerdem besaß er noch eine ausgebreitete Feldwirtschaft. Zu der Tochter dieses reichen Färbers ging der Schuster über das Gebirge, um sie zu gewinnen. Sie war wegen ihrer Schönheit weit und breit berühmt, aber auch wegen ihrer Eingezogenheit Sittsamkeit und Häuslichkeit belobt. Dennoch, hieß es, soll der Schuster ihre Aufmerksamkeit erregt haben. Der Färber ließ ihn nicht in sein Haus kommen; und hatte die schöne Tochter schon früher keine öffentlichen Plätze und Lustbarkeiten besucht, und war selten außer dem Hause ihrer Eltern zu sehen gewesen: so ging sie jetzt schon gar nirgends mehr hin als in die Kirche oder in ihrem Garten oder in den Räumen des Hauses herum.

Einige Zeit nach dem Tode seiner Eltern, durch welchen ihm das Haus derselben zugefallen war, das er nun allein bewohnte, änderte sich der Schuster gänzlich. So wie er früher getollt hatte, so saß er jetzt in seiner Stube, und hämmerte Tag und Nacht an seinen Sohlen. Er setzte prahlend einen Preis darauf, wenn es jemand gäbe, der bessere Schuhe und Fußbekleidungen machen könne. Er nahm keine andern Arbeiter als die besten, und trillte sie noch sehr herum, wenn sie in seiner Werkstätte arbeiteten, dass sie ihm folgten, und die Sache so einrichteten, wie er befahl. Wirklich brachte er es jetzt auch dahin, dass nicht nur das ganze Dorf Gschaid, das zum größten Teile die Schusterarbeit aus benachbarten Tälern bezogen hatte, bei ihm arbeiten ließ, dass das ganze Tal bei ihm arbeiten ließ, und dass endlich sogar Einzelne von Millsdorf und andern Tälern hereinkamen, und sich ihre Fußbekleidungen von dem Schuster in Gschaid machen ließen. Sogar in die Ebene hinaus verbreitete sich sein Ruhm, dass manche, die in die Gebirge gehen wollten, sich die Schuhe dazu von ihm machen ließen.

Er richtete das Haus sehr schön zusammen, und in dem Warengewölbe glänzten auf den Brettern die Schuhe, Bundstiefel und Stiefel; und wenn am Sonntage die ganze Bevölkerung des Tales hereinkam, und man bei den vier Linden des Platzes stand, ging man gerne zu dem Schusterhause hin, und sah durch die Gläser in die Warenstube, wo die Käufer und Besteller waren.

Nach seiner Vorliebe zu den Bergen machte er auch jetzt die Gebirgsbundschuhe am besten. Er pflegte in der Wirtsstube zu sagen: Es gäbe keinen, der ihm einen fremden Gebirgsbundschuh zeigen könne, der sich mit einem seinigen vergleichen lasse. »Sie wissen es nicht«, pflegte er beizufügen, »sie haben es in ihrem Leben nicht erfahren, wie ein solcher Schuh sein muss, dass der gestirnte Himmel der Nägel recht auf der Sohle sitze, und das gebührende Eisen enthalte, dass der Schuh außen hart sei, damit kein Geröllstein, wie scharf er auch sei, empfunden werde, und dass er sich von innen doch weich und zärtlich wie ein Handschuh an die Füße lege.«

Der Schuster hatte sich ein sehr großes Buch machen lassen, in welches er alle verfertigte Ware eintrug, die Namen derer beifügte, die den Stoff geliefert, und die Ware gekauft hatten, und eine kurze Bemerkung über die Güte des Erzeugnisses beischrieb. Die gleichartigen Fußbekleidungen hatten ihre fortlaufenden Zahlen, und das Buch lag in der großen Lade seines Gewölbes.

Wenn die schöne Färberstochter von Millsdorf auch nicht aus der Eltern Hause kam, wenn sie auch weder Freunde noch Verwandte besuchte, so konnte es der Schuster von Gschaid doch so machen, dass sie ihn von ferne sah, wenn sie in die Kirche ging, wenn sie in dem Garten war, und wenn sie aus den Fenstern ihres Zimmers auf die Matten blickte. Wegen dieses unausgesetzten Sehens hatte es die Färberin durch langes inständiges und ausdauerndes Flehen für ihre Tochter dahin gebracht, dass der halsstarrige Färber nachgab, und dass der Schuster, weil er denn nun doch besser geworden, die schöne reiche Millsdorferin als Eheweib nach Gschaid führte. Aber der Färber war desungeachtet auch ein Mann, der seinen Kopf hatte. Ein rechter Mensch, sagte er, müsse sein Gewerbe treiben, dass es blühe und vorwärts komme, er müsse daher sein Weib seine Kinder sich und sein Gesinde ernähren, Hof und Haus im Stande des Glanzes halten, und sich noch ein Erkleckliches erübrigen, welches Letztere doch allein imstande sei, ihm Ansehen und Ehre in der Welt zu geben; darum erhalte seine Tochter nichts als eine vortreffliche Ausstattung, das andere ist Sache des Ehemanns, dass er es mache und für alle Zukunft es besorge. Die Färberei in Millsdorf und die Landwirtschaft auf dem Färberhause sei für sich ein ansehnliches und ehrenwertes Gewerbe, das seiner Ehre willen bestehen, und wozu alles, was da sei, als Grundstock dienen müsse, daher er nichts weggebe. Wenn einmal er und sein Eheweib die Färberin tot seien, dann gehöre Färberei und Landwirtschaft in Millsdorf ihrer einzigen Tochter nämlich der Schusterin in Gschaid, und Schuster und Schusterin könnten dann damit tun, was sie wollten: aber alles dieses nur, wenn die Erben es wert wären, das Erbe zu empfangen; wären sie es nicht wert, so ginge das Erbe auf die Kinder derselben, und wenn keine vorhanden wären, mit der Ausnahme des lediglichen Pflichtteiles auf andere Verwandte über. Der Schuster verlangte auch nichts, er zeigte im Stolze, dass es ihm nur um die schöne Färberstochter in Millsdorf zu tun gewesen, und dass er sie schon ernähren und erhalten könne, wie sie zu Hause ernährt und erhalten worden ist. Er kleidete sie als sein Eheweib nicht nur schöner als alle Gschaiderinnen und alle Bewohnerinnen des Tales, sondern auch schöner, als sie sich je zu Hause getragen hatte, und Speise, Trank und übrige Behandlung musste besser und rücksichtsvoller sein, als sie das gleiche im väterlichen Hause genossen hatte. Und um dem Schwiegervater zu trotzen, kaufte er mit erübrigten Summen nach und nach immer mehr Grundstücke so ein, dass er einen tüchtigen Besitz beisammenhatte.

Weil die Bewohner von Gschaid so selten aus ihrem Tale kommen, und nicht einmal oft nach Millsdorf hinübergehen, von dem sie durch Bergrücken und durch Sitten geschieden sind, weil ferner ihnen gar kein Fall vorkömmt, dass ein Mann sein Tal verlässt, und sich in dem benachbarten ansiedelt (Ansiedlungen in großen Entfernungen kommen öfter vor), weil endlich auch kein Weib oder Mädchen gerne von einem Tale in ein anderes auswandert, außer in dem ziemlich seltenen Falle, wenn sie der Liebe folgt, und als Eheweib und zu dem Ehemann in ein anderes Tal kömmt: so geschah es, dass die schöne Färberstochter von Millsdorf, da sie Schusterin in Gschaid geworden war, doch immer von allen Gschaidern als Fremde angesehen wurde, und wenn man ihr auch nichts Übels antat, ja wenn man sie ihres schönen Wesens und ihrer Sitten wegen sogar liebte, doch immer etwas vorhanden war, das wie Scheu oder wenn man will, wie Rücksicht aussah, und nicht zu dem Innigen und Gleichartigen kommen ließ, wie Gschaiderinnen gegen Gschaiderinnen, Gschaider gegen Gschaider hatten. Es war so, ließ sich nicht abstellen, und wurde durch die bessere Tracht und durch das erleichterte häusliche Leben der Schusterin noch vermehrt.

Sie hatte ihrem Manne nach dem ersten Jahre einen Sohn, und in einigen Jahren darauf ein Töchterlein geboren. Sie glaubte aber, dass er die Kinder nicht so liebe, wie sie sich vorstellte, dass es sein solle, und wie sie sich bewusst war, dass sie dieselben liebe; denn sein Angesicht war meistens ernsthaft und mit seinen Arbeiten beschäftigt. Er spielte und tändelte selten mit den Kindern, und sprach stets ruhig mit ihnen gleichsam so, wie man mit Erwachsenen spricht. Was Nahrung und Kleidung und andere äußere Dinge anbelangte, hielt er die Kinder untadelich.

In der ersten Zeit der Ehe kam die Färberin öfter nach Gschaid, und die jungen Eheleute besuchten auch Millsdorf zuweilen bei Kirchweihen oder anderen festlichen Gelegenheiten. Als aber die Kinder auf der Welt waren, war die Sache anders geworden. Wenn schon Mütter ihre Kinder lieben, und sich nach ihnen sehnen, so ist dieses von Großmüttern öfter in noch höherem Grade der Fall: sie verlangen zuweilen mit wahrlich krankhafter Sehnsucht nach ihren Enkeln. Die Färberin kam sehr oft nach Gschaid herüber, um die Kinder zu sehen, ihnen Geschenke zu bringen, eine Weile da zu bleiben, und dann mit guten Ermahnungen zu scheiden. Da aber das Alter und die Gesundheitsumstände der Färberin die öfteren Fahrten nicht mehr so möglich machten, und der Färber aus dieser Ursache Einsprache tat, wurde auf etwas anderes gesonnen, die Sache wurde umgekehrt, und die Kinder kamen jetzt zur Großmutter. Die Mutter brachte sie selber öfter in einem Wagen, öfter aber wurden sie, da sie noch im zarten Alter waren, eingemummt einer Magd mitgegeben, die sie in einem Fuhrwerke über den Hals brachte. Als sie aber größer waren, gingen sie zu Fuße entweder mit der Mutter oder mit einer Magd nach Millsdorf, ja da der Knabe geschickt stark und klug geworden war, ließ man ihn allein den bekannten Weg über den Hals gehen, und wenn es sehr schön war, und er bat, erlaubte man auch, dass ihn die kleine Schwester begleite. Dies ist bei den Gschaidern gebräuchlich, weil sie an starkes Fußgehen gewöhnt sind, und die Eltern überhaupt namentlich aber ein Mann wie der Schuster, es gerne sehen, und eine Freude daran haben, wenn ihre Kinder tüchtig werden.

So geschah es, dass die zwei Kinder den Weg über den Hals öfter zurücklegten als die übrigen Dörfler zusammengenommen, und da schon ihre Mutter in Gschaid immer gewissermaßen wie eine Fremde behandelt wurde, so wurden durch diesen Umstand auch die Kinder fremd, sie waren kaum Gschaider, und gehörten halb nach Millsdorf hinüber.

Der Knabe Konrad hatte schon das ernste Wesen seines Vaters, und das Mädchen Susanna nach ihrer Mutter so genannt oder, wie man es zur Abkürzung nannte, Sanna hatte viel Glauben zu seinen Kenntnissen seiner Einsicht und seiner Macht, und gab sich unbedingt unter seine Leitung, geradeso wie die Mutter sich unbedingt unter die Leitung des Vaters gab, dem sie alle Einsicht und Geschicklichkeit zutraute.

An schönen Tagen konnte man morgens die Kinder durch das Tal gegen Mittag wandern sehen, über die Wiese gehen, und dort anlangen, wo der Wald des Halses gegen sie herschaut. Sie näherten sich dem Walde, gingen auf seinem Wege allgemach über die Erhöhung hinan, und kamen, ehe der Mittag eingetreten war, auf den offenen Wiesen auf der anderen Seite gegen Millsdorf hinunter. Konrad zeigte Sanna die Wiesen, die dem Großvater gehörten, dann gingen sie durch seine Felder, auf denen er ihr die

Getreidearten erklärte, dann sahen sie auf Stangen unter dem Vorsprunge des Daches die langen Tücher zum Trocknen herabhängen, die sich im Winde schlängelten oder närrische Gesichter machten, dann hörten sie seine Walkmühle und seinen Lohstampf, die er an seinem Bache für Tuchmacher und Gerber angelegt hatte, dann bogen sie noch um eine Ecke der Felder, und gingen im Kurzen durch die Hintertür in den Garten der Färberei, wo sie von der Großmutter empfangen wurden. Diese ahnte immer wenn die Kinder kamen, sah zu den Fenstern aus, und erkannte sie von weitem, wenn Sannas rotes Tuch recht in der Sonne leuchtete.

Sie führte die Kinder dann durch die Waschstube und Presse in das Zimmer, ließ sie niedersetzen, ließ nicht zu, dass sie Halstücher oder Jäckchen lüfteten, damit sie sich nicht verkühlten, und behielt sie beim Essen da. Nach dem Essen durften sie sich lüften, spielen, durften in den Räumen des großväterlichen Hauses herumgehen, oder sonst tun, was sie wollten, wenn es nur nicht unschicklich oder verboten war. Der Färber, welcher immer bei dem Essen war, fragte sie um ihre Schulgegenstände aus, und schärfte ihnen besonders ein, was sie lernen sollten. Nachmittags wurden sie von der Großmutter schon, ehe die Zeit kam, zum Aufbruche getrieben, dass sie ja nicht zu spät kämen. Obgleich der Färber keine Mitgift gegeben hatte, und vor seinem Tode von seinem Vermögen nichts wegzugeben gelobt hatte, glaubte sich die Färberin an diese Dinge doch nicht so strenge gebunden, und sie gab den Kindern nicht allein während ihrer Anwesenheit allerlei, worunter nicht selten ein Münzstück und zuweilen gar von ansehnlichem Werte war, sondern sie band ihnen auch immer zwei Bündelchen zusammen, in denen sich Dinge befanden, von denen sie glaubte, dass sie notwendig wären, oder dass sie den Kindern Freude machen könnten. Und wenn oft die nämlichen Dinge im Schusterhause in Gschaid ohnedem in aller Trefflichkeit vorhanden waren, so gab sie die Großmutter in der Freude des Gebens doch, und die Kinder trugen sie als etwas Besonderes nach Hause. So geschah es nun, dass die Kinder am Heiligen Abende schon unwissend die Geschenke in Schachteln gut versiegelt und verwahrt nach Hause trugen, die ihnen in der Nacht einbeschert werden sollten.

Weil die Großmutter die Kinder immer schon vor der Zeit zum Fortgehen drängte, damit sie nicht zu spät nach Hause kämen, so erzielte sie hiedurch, dass die Kinder gerade auf dem Wege bald an dieser bald an jener Stelle sich aufhielten. Sie saßen gerne an dem Haselnussgehege, das auf dem Halse ist, und schlugen mit Steinen Nüsse auf, oder spielten, wenn keine Nüsse waren, mit Blättern oder mit Hölzlein oder mit den weichen braunen Zöpfchen, die im ersten Frühjahre von den Zweigen der Nadelbäume herabfielen.

Manchmal erzählte Konrad dem Schwesterchen Geschichten, oder wenn sie zu der roten Unglücksäule kamen, führte er sie ein Stück auf dem Seitenwege links gegen die Höhen hinan, und sagte ihr, dass man da auf den Schneeberg gelange, dass dort Felsen und Steine seien, dass die Gemsen herumspringen, und große Vögel fliegen. Er führte sie oft über den Wald hinaus, sie betrachteten dann den dürren Rasen und die kleinen Sträucher der Heidekräuter; aber er führte sie wieder zurück, und brachte sie immer vor der Abenddämmerung nach Hause, was ihm stets Lob eintrug.

Einmal war am Heiligen Abende, da die erste Morgendämmerung in dem Tale von Gschaid in Helle übergegangen war, ein dünner trockener Schleier über den ganzen Himmel gebreitet, sodass man die ohnedem schiefe und ferne Sonne im Südosten nur als einen undeutlichen roten Fleck sah, überdies war an diesem Tage eine milde beinahe laulichte Luft unbeweglich im ganzen Tale und auch an dem Himmel, wie die unveränderte und ruhige Gestalt der Wolken zeigte. Da sagte die Schustersfrau zu ihren Kindern: »Weil ein so angenehmer Tag ist, weil es so lange nicht geregnet hat, und die Wege fest sind, und weil es auch der Vater gestern unter der Bedingung erlaubt hat, wenn der heutige Tag dazu geeignet ist, so dürft ihr zur Großmutter nach Millsdorf gehen; aber ihr müsst den Vater noch vorher fragen.«

Die Kinder, welche noch in ihren Nachtkleidchen dastanden, liefen in die Nebenstube, in welcher der Vater mit einem Kunden sprach, und baten um die Wiederholung der gestrigen Erlaubnis, weil ein so schöner Tag sei. Sie wurde ihnen erteilt, und sie liefen wieder zur Mutter zurück.

Die Schustersfrau zog nun ihre Kinder vorsorglich an, oder eigentlich, sie zog das Mädchen mit dichten gut verwahrenden Kleidern an; denn der Knabe begann sich selber anzukleiden, und stand viel früher fertig da, als die Mutter mit dem Mädchen hatte ins Reine kommen können. Als sie dieses Geschäft vollendet hatte, sagte sie: »Konrad, gib wohl Acht: Weil ich dir das Mädchen mitgehen lasse, so müsset ihr beizeiten fortgehen, ihr müsset an keinem Platze stehen bleiben, und wenn ihr bei der Großmutter gegessen habt, so müsset ihr gleich wieder umkehren, und nach Hause trachten; denn die Tage sind jetzt sehr kurz, und die Sonne geht gar bald unter.«

»Ich weiß es schon, Mutter«, sagte Konrad.

»Und siehe gut auf Sanna, dass sie nicht fällt, oder sich erhitzt.«

»Ja Mutter.«

»So, Gott behüte euch, und geht noch zum Vater, und sagt, dass ihr jetzt fortgehet.«

Der Knabe nahm eine von seinem Vater kunstvoll aus Kalbfellen genähte Tasche an einem Riemen um die Schulter, und die Kinder gingen in die Nebenstube, um dem Vater Lebewohl zu sagen. Aus dieser kamen sie bald heraus, und hüpften von der Mutter mit einem Kreuze besegnet fröhlich auf die Gasse.

Sie gingen schleunig längs des Dorfplatzes hinab, und dann durch die Häusergasse und endlich zwischen den Planken der Obstgärten in das Freie hinaus. Die Sonne stand schon über dem mit milchigen Wolkenstreifen durchwobenen Wald der morgendlichen Anhöhen, und ihr trübes rötliches Bild schritt durch die laublosen Zweige der Holzäpfelbäume mit den Kindern fort.

In dem ganzen Tale war kein Schnee, die größeren Berge, von denen er schon viele Wochen herabgeglänzt hatte, waren damit bedeckt, die kleineren standen in dem Mantel ihrer Tannenwälder und im Fahlrot ihrer entblößten Zweige unbeschneit und ruhig da. Der Boden war noch nicht gefroren, und er wäre vermöge der vorhergegangenen langen regenlosen Zeit ganz trocken gewesen, wenn ihn nicht die Jahreszeit mit einer zarten Feuchtigkeit überzogen hätte, die ihn aber nicht schlüpfrig sondern eher fest und widerprallend machte, dass sie leicht und gering darauf fortgingen. Das wenige Gras, welches noch auf den Wiesen und vorzüglich an den Wassergräben derselben war, stand in herbstlichem Ansehen. Es lag kein Reif und bei näherem Anblicke nicht einmal ein Tau, was nach der Meinung der Landleute baldigen Regen bedeutet.

Gegen die Grenzen der Wiesen zu war ein Gebirgsbach, über welchen ein hoher Steg führte. Die Kinder gingen auf den Steg und schauten hinab. Im Bache war schier kein Wasser, ein dünner Faden von sehr stark blauer Farbe ging durch die trockenen Kiesel des Gerölles, die wegen Regenlosigkeit ganz weiß geworden waren, und sowohl die Wenigkeit als auch die Farbe des Wassers zeigten an, dass in den größeren Höhen schon Kälte herrschen müsse, die den Boden verschließe, dass er mit seiner Erde das Wasser nicht trübe, und die das Eis erhärte, dass es in seinem Innern nur wenige klare Tropfen abgeben könne.

Von dem Stege liefen die Kinder durch die Gründe fort, und näherten sich immer mehr den Waldungen.

Sie trafen endlich die Grenze des Holzes, und gingen in demselben weiter.

Als sie in die höheren Wälder des Halses hinaufgekommen waren, zeigten sich die langen Furchen des Fahrweges nicht mehr weich, wie es unten im Tale der Fall gewesen war, sondern sie waren fest, und zwar nicht aus Trockenheit, sondern, wie die Kinder sich bald überzeugten, weil sie gefroren waren. An manchen Stellen waren sie so überfroren, dass sie die Körper der Kinder trugen. Nach der Natur der Kinder gingen sie nun nicht mehr auf dem glatten Pfade neben dem Fahrwege, sondern in den Gleisen, und versuchten, ob dieser oder jener Furchenaufwurf sie schon trage. Als sie nach Verlauf einer Stunde auf der

Höhe des Halses angekommen waren, war der Boden bereits so hart, dass er klang, und Schollen wie Steine hatte.

An der roten Unglücksäule des Bäckers bemerkte Sanna zuerst, dass sie heute gar nicht dastehe. Sie gingen zu dem Platze hinzu, und sahen, dass der runde rot angestrichene Balken, der das Bild trug, in dem dürren Grase liege, das wie dünnes Stroh an der Stelle stand, und den Anblick der liegenden Säule verdeckte. Sie sahen zwar nicht ein, warum die Säule liege, ob sie umgeworfen worden, oder ob sie von selber umgefallen sei, das sahen sie, dass sie an der Stelle, wo sie in die Erde ragte, sehr morsch war, und dass sie daher sehr leicht habe umfallen können; aber da sie einmal lag, so machte es ihnen Freude, dass sie das Bild und die Schrift so nahe betrachten konnten, wie es sonst nie der Fall gewesen war. Als sie alles – den Korb mit den Semmeln, die bleichen Hände des Bäckers, seine geschlossenen Augen, seinen grauen Rock und die umstehenden Tannen – betrachtet hatten, als sie die Schrift gelesen und laut gesagt hatten, gingen sie wieder weiter.

Abermal nach einer Stunde wichen die dunkeln Wälder zu beiden Seiten zurück, dünnstehende Bäume teils einzelne Eichen teils Birken und Gebüschgruppen empfingen sie, geleiteten sie weiter, und nach kurzem liefen sie auf den Wiesen in das Millsdorfer Tal hinab.

Obwohl dieses Tal bedeutend tiefer liegt als das von Gschaid, und auch um so viel wärmer war, dass man die Ernte immer um vierzehn Tage früher beginnen konnte als in Gschaid, so war doch auch hier der Boden gefroren, und als die Kinder bis zu den Loh- und Walkwerken des Großvaters gekommen waren, lagen auf dem Wege, auf den die Räder oft Tropfen herausspritzten, schöne Eistäfelchen. Den Kindern ist das gewöhnlich ein sehr großes Vergnügen.

Die Großmutter hatte sie kommen gesehen, war ihnen entgegengegangen, nahm Sanna bei den erfrornen Händchen, und führte sie in die Stube.

Sie nahm ihnen die wärmeren Kleider ab, sie ließ in dem Ofen nachlegen, und fragte sie, wie es ihnen im Herübergehen gegangen sei.

Als sie hierauf die Antwort erhalten hatte, sagte sie: »Das ist schon recht, das ist gut, es freut mich gar sehr, dass ihr wieder gekommen seid; aber heute müsst ihr bald fort, der Tag ist kurz, und es wird auch kälter, am Morgen war es in Millsdorf nicht gefroren.«

»In Gschaid auch nicht«, sagte der Knabe.

»Siehst du, darum müsst ihr euch sputen, dass euch gegen Abend nicht zu kalt wird«, antwortete die Großmutter.

Hierauf fragte sie, was die Mutter mache, was der Vater mache, und ob nichts Besonderes in Gschaid geschehen sei.

Nach diesen Fragen bekümmerte sie sich um das

Essen, sorgte, dass es früher bereitet wurde als gewöhnlich, und richtete selber den Kindern kleine Leckerbissen zusammen, von denen sie wusste, dass sie eine Freude damit erregen würde. Dann wurde der Färber gerufen, die Kinder bekamen an dem Tische aufgedeckt wie große Personen, und aßen nun mit Großvater und Großmutter, und die Letzte legte ihnen hiebei besonders Gutes vor. Nach dem Essen streichelte sie Sannas unterdessen sehr rot gewordene Wangen.

Hierauf ging sie geschäftig hin und her, und steckte das Kalbfellränzchen des Knaben voll, und steckte ihm noch allerlei in die Taschen. Auch in die Täschchen von Sanna tat sie allerlei Dinge. Sie gab jedem ein Stück Brot, es auf dem Wege zu verzehren, und in dem Ränzchen, sagte sie, seien noch zwei Weißbrote, wenn etwa der Hunger zu groß würde.

»Für die Mutter habe ich einen guten gebrannten Kaffee mitgegeben«, sagte sie, »und in dem Fläschchen, das zugestopft und gut verbunden ist, befindet sich auch ein schwarzer Kaffeeaufguss, ein besserer, als die Mutter bei euch gewöhnlich macht, sie soll ihn nur kosten, wie er ist, er ist eine wahre Arznei, so kräftig, dass nur ein Schlückchen den Magen so wärmt, dass es den Körper in den kältesten Wintertagen nicht frieren kann. Die anderen Sachen die in der Schachtel und in den Papieren im Ränzchen sind, bringt unversehrt nach Hause.«

Da sie noch ein Weilchen mit den Kindern geredet hatte, sagte sie, dass sie gehen sollten.

»Habe Acht, Sanna«, sagte sie, »dass du nicht frierst, erhitze dich nicht; und dass ihr nicht über die Wiesen hinauf und unter den Bäumen lauft. Etwa kömmt gegen Abend ein Wind, da müsst ihr langsamer gehen. Grüßet Vater und Mutter, und sagt, sie sollen recht glückliche Feiertage haben.«

Die Großmutter küsste beide Kinder auf die Wangen, und schob sie durch die Tür hinaus. Nichtsdestoweniger ging sie aber auch selber mit, geleitete sie durch den Garten, ließ sie durch das Hinterpförtchen hinaus, schloss wieder, und ging in das Haus zurück.

Die Kinder gingen an den Eistäfelchen neben den Werken des Großvaters vorbei, sie gingen durch die Millsdorfer Felder, und wendeten sich gegen die Wiesen hinan.

Als sie auf den Anhöhen gingen, wo, wie gesagt wurde, zerstreute Bäume und Gebüschgruppen standen, fielen äußerst langsam einzelne Schneeflocken.

»Siehst du, Sanna«, sagte der Knabe, »ich habe es gleich gedacht, dass wir Schnee bekommen; weißt du, da wir von Hause weggingen, sahen wir noch die Sonne, die so blutrot war wie eine Lampe bei dem Heiligen Grabe, und jetzt ist nichts mehr von ihr zu erblicken, und nur der graue Nebel ist über den Baumwipfeln oben. Das bedeutet allemal Schnee.«

Die Kinder gingen freudiger fort, und Sanna war recht froh, wenn sie mit dem dunkeln Ärmel ihres Röckchens eine der fallenden Flocken auffangen konnte, und wenn dieselbe recht lange nicht auf dem Ärmel zerfloss. Als sie endlich an dem äußersten Rand der Millsdorfer Höhen angekommen waren, wo es gegen die dunkeln Tannen des Halses hineingeht, war die dichte Waldwand schon recht lieblich gesprenkelt von den immer reichlicher herabfallenden Flocken. Sie gingen nunmehr in den dicken Wald hinein, der den größten Teil ihrer noch bevorstehenden Wanderung einnahm.

Es geht von dem Waldrande noch immer aufwärts, und zwar bis man zur roten Unglücksäule kömmt, von wo sich, wie schon oben angedeutet wurde, der Weg gegen das Tal von Gschaid hinabwendet. Die Erhebung des Waldes von der Millsdorfer Seite aus ist sogar so steil, dass der Weg nicht gerade hinangeht, sondern, dass er in sehr langen Abweichungen von Abend nach Morgen und von Morgen nach Abend hinanklimmt. An der ganzen Länge des Weges hinauf zur Säule und hinab bis zu den Wiesen von Gschaid sind hohe dichte ungelichtete Waldbestände, und sie werden erst ein wenig dünner, wenn man in die Ebene gelangt ist und gegen die Wiesen des Tales von Gschaid hinauskömmt. Der Hals ist auch, wenn er gleich nur eine kleine Verbindung zwischen zwei großen Gebirgshäuptern abgibt, doch selbst so groß, dass er in die Ebene gelegt einen bedeutenden Gebirgsrücken abgeben würde.

Das Erste, was die Kinder sahen, als sie die Waldung betraten, war, dass der gefrorne Boden sich grau zeigte, als ob er mit Mehl besät wäre, dass die Fahne manches dünnen Halmes des am Wege hin und zwischen den Bäumen stehenden dürren Grases mit Flocken beschwert war, und dass auf den verschiedenen grünen Zweigen der Tannen und Fichten, die sich wie Hände öffneten, schon weiße Fläumchen saßen.

»Schneit es denn jetzt bei dem Vater zu Hause auch?«, fragte Sanna.

»Freilich«, antwortete der Knabe, »es wird auch kälter, und du wirst sehen, dass morgen der ganze Teich gefroren ist.«

»Ja, Konrad«, sagte das Mädchen.

Es verdoppelte beinahe seine kleinen Schritte, um mit denen des dahinschreitenden Knaben gleichbleiben zu können.

Sie gingen nun rüstig in den Windungen fort, jetzt von Abend nach Morgen, jetzt von Morgen nach Abend. Der von der Großmutter vorausgesagte Wind stellte sich nicht ein, im Gegenteile war es so stille, dass sich nicht ein Ästchen oder Zweig rührte, ja sogar es schien im Walde wärmer, wie es in lockeren Körpern, dergleichen ein Wald auch ist, immer im Winter zu sein pflegt, und die Schneeflocken fielen stets reichlicher, sodass der ganze Boden schon weiß war, dass der Wald sich grau zu bestäuben anfing, und dass auf dem Hute und den Kleidern des Knaben sowie auf denen des Mädchens der Schnee lag.

Die Freude der Kinder war sehr groß. Sie traten auf den weichen Flaum, suchten mit dem Fuße absichtlich solche Stellen, wo er dichter zu liegen schien, um dorthin zu treten, und sich den Anschein zu geben, als wateten sie bereits. Sie schüttelten den Schnee nicht von den Kleidern ab.

Es war große Ruhe eingetreten. Von den Vögeln, deren doch manche auch zuweilen im Winter in dem Walde hin und her fliegen, und von denen die Kinder im Herübergehen sogar mehrere zwitschern gehört hatten, war nichts zu vernehmen, sie sahen auch keine auf irgendeinem Zweige sitzen, oder fliegen, und der ganze Wald war gleichsam ausgestorben.

Weil nur die bloßen Fußstapfen der Kinder hinter ihnen blieben, und weil vor ihnen der Schnee rein und unverletzt war, so war daraus zu erkennen dass sie die Einzigen waren, die heute über den Hals gingen.

Sie gingen in ihrer Richtung fort, sie näherten sich öfter den Bäumen, öfter entfernten sie sich, und wo dichtes Unterholz war, konnten sie den Schnee auf den Zweigen liegen sehen.

Ihre Freude wuchs noch immer; denn die Flocken fielen stets dichter, und nach kurzer Zeit brauchten sie nicht mehr den Schnee aufzusuchen, um in ihm zu waten; denn er lag schon so dicht, dass sie ihn überall weich unter den Sohlen empfanden, und dass er sich bereits um ihre Schuhe zu legen begann; und wenn es so ruhig und heimlich war, so war es, als ob sie das Knistern des in die Nadeln herabfallenden Schnees vernehmen könnten.

»Werden wir heute auch die Unglücksäule sehen?«, fragte das Mädchen, »sie ist ja umgefallen, und da wird es darauf schneien, und da wird die rote Farbe weiß sein.«

»Darum können wir sie doch sehen«, antwortete der Knabe, »wenn auch der Schnee auf sie fällt, und wenn sie auch weiß ist, so müssen wir sie liegen sehen, weil sie eine dicke Säule ist, und weil sie das schwarze eiserne Kreuz auf der Spitze hat, das doch immer herausragen wird.«

»Ja Konrad.«

Indessen da sie noch weiter gegangen waren, war der Schneefall so dicht geworden, dass sie nur mehr die allernächsten Bäume sehen konnten.

Von der Härte des Weges oder gar von Furchenaufwerfungen war nichts zu empfinden, der Weg war vom Schnee überall gleich weich, und war überhaupt nur daran zu erkennen, dass er als ein gleichmäßiger weißer Streifen in dem Walde fortlief. Auf allen Zweigen lag schon die schöne weiße Hülle.

Die Kinder gingen jetzt mitten auf dem Wege, sie furchten den Schnee mit ihren Füßlein, und gingen langsamer, weil das Gehen beschwerlicher ward. Der Knabe zog seine Jacke empor an dem Halse zusammen, damit ihm nicht der Schnee in den Nacken falle, und er setzte den Hut tiefer in das Haupt, dass er geschützter sei. Er zog auch seinem Schwesterlein das Tuch, das ihm die Mutter um die Schulter gegeben hatte, besser zusammen, und zog es ihm mehr vorwärts in die Stirne, dass es ein Dach bilde.

Der von der Großmutter vorausgesagte Wind war noch immer nicht gekommen; aber dafür wurde der Schneefall nach und nach so dicht, dass auch nicht mehr die nächsten Bäume zu erkennen waren, sondern dass sie wie neblige Säcke in der Luft standen.

Die Kinder gingen fort. Sie duckten die Köpfe dichter in ihre Kleidung, und gingen fort.

Sanna nahm den Riemen, an welchem Konrad die Kalbfelltasche um die Schulter hängen hatte, mit den Händchen, hielt sich daran, und so gingen sie ihres Weges.

Die Unglücksäule hatten sie noch immer nicht erreicht. Der Knabe konnte die Zeit nicht ermessen, weil keine Sonne am Himmel stand, und weil es immer gleichmäßig grau war.

»Werden wir bald zu der Unglücksäule kommen?«, fragte Sanna.

»Ich weiß es nicht«, antwortete der Knabe, »ich kann heute die Bäume nicht sehen, und den Weg nicht erkennen, weil er so weiß ist. Die Unglücksäule werden wir wohl gar nicht sehen, weil so viel Schnee liegen wird, dass sie verhüllt sein wird, und dass kaum ein Gräschen oder ein Arm des schwarzen Kreuzes hervorragen wird. Aber es macht nichts. Wir gehen immer auf dem Wege fort, der Weg geht zwischen den Bäumen, und wenn er zu dem Platze der Unglücksäule kömmt, dann wird er abwärts gehen, wir gehen auf ihm fort, und wenn er aus den Bäumen hinausgeht, dann sind wir schon auf den Wiesen von Gschaid, dann kömmt der Steg, und dann haben wir nicht mehr weit nach Hause.

»Ja Konrad«, sagte das Mädchen.

Sie gingen auf ihrem aufwärts führenden Wege fort. Die hinter ihnen liegenden Fußstapfen waren jetzt nicht mehr lange sichtbar; denn die ungemeine Fülle des herabfallenden Schnees deckte sie bald zu, dass sie verschwanden. Der Schnee knisterte in seinem Falle nun auch nicht mehr in den Nadeln, sondern legte sich eilig und heimlich auf die weiße schon daliegende Decke nieder. Die Kinder nahmen die Kleider noch fester, um das immerwährende allseitige Hineinrieseln abzuhalten.

Sie gingen sehr schleunig, und der Weg führte noch stets aufwärts.

Nach langer Zeit war noch immer die Höhe nicht erreicht, auf welcher die Unglücksäule stehen sollte, und von wo der Weg gegen die Gschaider Seite sich hinunterwenden musste.

Endlich kamen die Kinder in eine Gegend, in welcher keine Bäume standen.

»Ich sehe keine Bäume mehr«, sagte Sanna.

»Vielleicht ist nur der Weg so breit, dass wir sie wegen des Schneiens nicht sehen können«, antwortete der Knabe.

»Ja, Konrad«, sagte das Mädchen.

Nach einer Weile blieb der Knabe stehen, und sagte: »Ich sehe selber keine Bäume mehr, wir müssen aus dem Walde gekommen sein, auch geht der Weg immer bergan. Wir wollen ein wenig stehen bleiben, und herumsehen, vielleicht erblicken wir etwas.«

Aber sie erblickten nichts. Sie sahen durch einen trüben Raum in den Himmel. Wie bei dem Hagel über die weißen oder grünlich gedunsenen Wolken die finsteren fransenartigen Streifen herabstarren, so war es hier, und das stumme Schütten dauerte fort. Auf der Erde sahen sie nur einen runden Fleck Weiß und dann nichts mehr.

»Weißt du Sanna«, sagte der Knabe, »wir sind auf dem dürren Grase, auf welches ich dich oft im Sommer heraufgeführt habe, wo wir saßen, und wo wir den Rasen betrachteten, der nacheinander hinaufgeht, und wo die schönen Kräuterbüschel wachsen. Wir werden da jetzt gleich rechts hinabgehen!«

»Ja Konrad.«

»Der Tag ist kurz, wie die Großmutter gesagt hat,

und wie du auch wissen wirst, wir müssen uns daher sputen.«

»Ja Konrad«, sagte das Mädchen.

»Warte ein wenig, ich will dich besser einrichten«, erwiderte der Knabe.

Er nahm seinen Hut ab, setzte ihn Sanna auf das Haupt, und befestigte ihn mit den beiden Bändchen unter ihrem Kinne. Das Tüchlein, welches sie umhatte, schützte sie zu wenig, während auf seinem Haupte eine solche Menge dichter Locken war, dass noch lange Schnee darauffallen konnte, ehe Nässe und Kälte durchzudringen vermochten. Dann zog er sein Pelzjäckchen aus, und zog dasselbe über die Ärmelein der Schwester. Um seine eigenen Schultern und Arme, die jetzt das bloße Hemd zeigten, band er das kleinere Tüchlein, das Sanna über die Brust, und das größere, das sie über die Schultern gehabt hatte. Das sei für ihn genug, dachte er, wenn er nur stark auftrete, werde ihn nicht frieren.

Er nahm das Mädchen bei der Hand, und so gingen sie jetzt fort.

Das Mädchen schaute mit den willigen Äuglein in das ringsum herrschende Grau, und folgte ihm gerne, nur dass es mit den kleinen eilenden Füßlein nicht so nachkommen konnte, wie er vorwärts strebte gleich einem, der es zur Entscheidung bringen wollte.

Sie gingen nun mit der Unablässigkeit und Kraft, die Kinder und Tiere haben, weil sie nicht wissen, wie viel ihnen beschieden ist, und wann ihr Vorrat erschöpft ist.

Aber wie sie gingen, so konnten sie nicht merken, ob sie über den Berg hinabkämen oder nicht. Sie hatten gleich rechts nach abwärts gebogen, allein sie kamen wieder in Richtungen, die bergan führten, bergab und wieder bergan. Oft begegneten ihnen Steilheiten, denen sie ausweichen mussten, und ein Graben, in dem sie fortgingen, führte sie in einer Krümmung herum. Sie erklommen Höhen, die sich unter ihren Füßen steiler gestalteten, als sie dachten, und was sie für abwärts hielten, war wieder eben, oder es war eine Höhlung, oder es ging immer gedehnt fort.

»Wo sind wir denn, Konrad?«, fragte das Mädchen.

»Ich weiß es nicht«, antwortete er.

»Wenn ich nur mit diesen meinen Augen etwas zu erblicken imstande wäre«, fuhr er fort, »dass ich mich darnach richten könnte.«

Aber es war rings um sie nichts als das blendende Weiß, überall das Weiß, das aber selber nur einen immer kleineren Kreis um sie zog, und dann in einen lichten streifenweise niederfallenden Nebel überging, der jedes Weitere verzehrte, und verhüllte, und zuletzt nichts anderes war als der unersättlich niederfallende Schnee.

»Warte Sanna«, sagte der Knabe, »wir wollen ein wenig stehen bleiben, und horchen, ob wir nicht etwas hören können, was sich im Tale meldet, sei es nun ein Hund oder eine Glocke oder die Mühle oder sei es ein Ruf, der sich hören lässt, hören müssen wir etwas, und dann werden wir wissen, wohin wir zu gehen haben.«

Sie blieben nun stehen, aber sie hörten nichts. Sie blieben noch ein wenig länger stehen, aber es meldete sich nichts, es war nicht ein einziger Laut auch nicht der leiseste außer ihrem Atem zu vernehmen, ja in der Stille, die herrschte, war es, als sollten sie den Schnee hören, der auf ihre Wimpern fiel. Die Voraussage der Großmutter hatte sich noch immer nicht erfüllt, der Wind war nicht gekommen, ja was in diesen Gegenden selten ist, nicht das leiseste Lüftchen rührte sich an dem ganzen Himmel.

Nachdem sie lange gewartet hatten, gingen sie wieder fort.

»Es tut auch nichts, Sanna«, sagte der Knabe, »sei nur nicht verzagt, folge mir, ich werde dich doch noch hinüberführen. – Wenn nur das Schneien aufhörte!«

Sie war nicht verzagt, sondern hob die Füßchen, so gut es gehen wollte, und folgte ihm. Er führte sie in dem weißen lichten regsamen undurchsichtigen Raume fort.

Nach einer Weile sahen sie Felsen. Sie hoben sich dunkel und undeutlich aus dem weißen und undurchsichtigen Lichte empor. Da die Kinder sich näherten, stießen sie fast daran. Sie stiegen wie eine Mauer hinauf, und waren ganz gerade, sodass kaum ein Schnee an ihrer Seite haften konnte.

»Sanna, Sanna«, sagte er, »da sind die Felsen, gehen wir nur weiter, gehen wir weiter.«

Sie gingen weiter, sie mussten zwischen die Felsen hinein und unter ihnen fort. Die Felsen ließen sie nicht rechts und nicht links ausweichen, und führten sie in einem engen Wege dahin. Nach einer Zeit verloren sie dieselben wieder und konnten sie nicht mehr erblicken. So wie sie unversehens unter sie gekommen waren, kamen sie wieder unversehens von ihnen. Es war wieder nichts um sie als das Weiß, und ringsum war kein unterbrechendes Dunkel zu schauen. Es schien eine große Lichtfülle zu sein, und doch konnte man nicht drei Schritte vor sich sehen; alles war, wenn man so sagen darf, in eine einzige weiße Finsternis gehüllt, und weil kein Schatten war, so war kein Urteil über die Größe der Dinge, und die Kinder konnten nicht wissen, ob sie aufwärts oder abwärts gehen würden, bis eine Steilheit ihren Fuß fasste, und ihn aufwärts zu gehen zwang.

»Mir tun die Augen weh«, sagte Sanna.

»Schaue nicht auf den Schnee«, antwortete der Knabe, »sondern in die Wolken. Mir tun sie schon lange weh; aber es tut nichts, ich muss doch auf den Schnee schauen, weil ich auf den Weg zu achten habe.

Fürchte dich nur nicht, ich führe dich doch hinunter ins Gschaid.«

»Ja, Konrad.«

Sie gingen wieder fort; aber wie sie auch gehen mochten, wie sie sich auch wenden mochten, es wollte kein Anfang zum Hinabwärtsgehen kommen. An beiden Seiten waren steile Dachlehnen nach aufwärts, mitten gingen sie fort, aber auch immer aufwärts. Wenn sie den Dachlehnen entrannen, und sie nach abwärts beugten, wurde es gleich so steil, dass sie wieder umkehren mussten, die Füßlein stießen oft auf Unebenheiten, und sie mussten häufig Büheln ausweichen.

Sie merkten auch, dass ihr Fuß, wo er tiefer durch den jungen Schnee einsank, nicht erdigen Boden unter sich empfand, sondern etwas anderes, das wie älterer gefrorner Schnee war; aber sie gingen immer fort, und sie liefen mit Hast und Ausdauer. Wenn sie stehen blieben, war alles still, unermesslich still; wenn sie gingen, hörten sie das Rascheln ihrer Füße, sonst nichts; denn die Hüllen des Himmels sanken ohne Laut hernieder, und so reich, dass man den Schnee hätte wachsen sehen können. Sie selber waren so bedeckt, dass sie sich von dem allgemeinen Weiß nicht hervorheben, und sich, wenn sie um ein paar Schritte getrennt worden wären, nicht mehr gesehen hätten.

Eine Wohltat war es, dass der Schnee so trocken war wie Sand, sodass er von ihren Füßen und den

Bundschühlein und Strümpfen daran leicht abglitt und abrieselte, ohne Ballen und Nässe zu machen.

Endlich gelangten sie wieder zu Gegenständen.

Es waren riesenhaft große sehr durcheinander liegende Trümmer, die mit Schnee bedeckt waren, der überall in die Klüfte hineinrieselte, und an die sie sich ebenfalls fast anstießen, ehe sie sie sahen. Sie gingen ganz hinzu, die Dinge anzublicken.

Es war Eis – lauter Eis.

Es lagen Platten da, die mit Schnee bedeckt waren, an deren Seitenwänden aber das glatte grünliche Eis sichtbar war, es lagen Hügel da, die wie zusammengeschobener Schaum aussahen, an deren Seiten es aber matt nach einwärts flimmerte und glänzte, als wären Balken und Stangen von Edelsteinen durcheinander geworfen worden, es lagen ferner gerundete Kugeln da, die ganz mit Schnee umhüllt waren, es standen Platten und andere Körper auch schief oder gerade aufwärts so hoch wie der Kirchturm in Gschaid oder wie Häuser. In einigen waren Höhlen eingefressen, durch die man mit einem Arme durchfahren konnte, mit einem Kopfe, mit einem Körper, mit einem ganzen großen Wagen voll Heu. Alle diese Stücke waren zusammen- oder emporgedrängt, und starrten, sodass sie oft Dächer bildeten, oder Überhänge, über deren Ränder sich der Schnee herüberlegte, und herabgriff wie lange weiße Tatzen. Selbst ein großer schreckhaft schwarzer Stein, wie ein Haus, lag unter dem Eise, und war emporgestellt, dass er auf der Spitze stand, dass kein Schnee an seinen Seiten liegen bleiben konnte. Und nicht dieser Stein allein – noch mehrere und größere staken in dem Eise, die man erst später sah, und die wie eine Trümmermauer an ihm hingingen.

»Da muss recht viel Wasser gewesen sein, weil so viel Eis ist«, sagte Sanna.

»Nein, das ist von keinem Wasser«, antwortete der Bruder, »das ist das Eis des Berges, das immer oben ist, weil es so eingerichtet ist.«

»Ja Konrad«, sagte Sanna.

»Wir sind jetzt bis zu dem Eise gekommen«, sagte der Knabe, »wir sind auf dem Berge, Sanna, weißt du, den man von unserm Garten aus im Sonnenscheine so weiß sieht. Merke gut auf, was ich dir sagen werde. Erinnerst du dich noch, wie wir oft nachmittags in dem Garten saßen, wie es recht schön war, wie die Bienen um uns summten, die Linden dufteten, und die Sonne von dem Himmel schien?«

»Ja, Konrad, ich erinnere mich.«

»Da sahen wir auch den Berg. Wir sahen wie er so blau war, so blau, wie das sanfte Firmament, wir sahen den Schnee, der oben ist, wenn auch bei uns Sommer war, eine Hitze herrschte, und die Getreide reif wurden.«

»Ja Konrad.«

»Und unten wo der Schnee aufhört, da sieht man

allerlei Farben, wenn man genau schaut, grün, blau, weißlich – das ist das Eis, das unten nur so klein ausschaut, weil man sehr weit entfernt ist, und das, wie der Vater sagte, nicht weggeht bis an das Ende der Welt. Und da habe ich oft gesehen, dass unterhalb des Eises die blaue Farbe noch fortgeht, das werden Steine sein, dachte ich, oder es wird Erde und Weidegrund sein, und dann fangen die Wälder an, die gehen herab und immer weiter herab, man sieht auch allerlei Felsen in ihnen, dann folgen die Wiesen, die schon grün sind, und dann die grünen Laubwälder, und dann kommen unsere Wiesen und Felder, die in dem Tale von Gschaid sind. Siehst du nun Sanna, weil wir jetzt bei dem Eise sind, so werden wir über die blaue Farbe hinabgehen, dann durch die Wälder, in denen die Felsen sind, dann über die Wiesen, und dann durch die grünen Laubwälder, und dann werden wir in dem Tale von Gschaid sein, und recht leicht unser Dorf finden.«

»Ja Konrad«, sagte das Mädchen.

Die Kinder gingen nun in das Eis hinein, wo es zugänglich war.

Sie waren winzigkleine wandelnde Punkte in diesen ungeheuern Stücken.

Wie sie so unter die Überhänge hineinsahen, gleichsam als gäbe ihnen ein Trieb ein, ein Obdach zu suchen, gelangten sie in einen Graben, in einen breiten tiefgefurchten Graben, der gerade aus dem Eise hervorging. Er sah aus wie das Bett eines Stromes, der aber jetzt ausgetrocknet, und überall mit frischem Schnee bedeckt war. Wo er aus dem Eise hervorkam, ging er gerade unter einem Kellergewölbe heraus, das recht schön aus Eis über ihn gespannt war. Die Kinder gingen in dem Graben fort, und gingen in das Gewölbe hinein, und immer tiefer hinein. Es war ganz trocken, und unter ihren Füßen hatten sie glattes Eis. In der ganzen Höhlung aber war es blau, so blau, wie gar nichts in der Welt ist, viel tiefer und viel schöner blau, als das Firmament, gleichsam wie himmelblau gefärbtes Glas, durch welches lichter Schein hineinsinkt. Es waren dickere und dünnere Bogen, es hingen Zacken Spitzen und Troddeln herab, der Gang wäre noch tiefer zurückgegangen, sie wussten nicht wie tief, aber sie gingen nicht mehr weiter. Es wäre auch sehr gut in der Höhle gewesen, es war warm, es fiel kein Schnee, aber es war so schreckhaft blau, die Kinder fürchteten sich, und gingen wieder hinaus. Sie gingen eine Weile in dem Graben fort, und kletterten dann über seinen Rand hinaus.

Sie gingen an dem Eise hin, sofern es möglich war, durch das Getrümmer und zwischen den Platten durchzudringen.

»Wir werden jetzt da noch hinübergehen, und dann von dem Eise abwärts laufen«, sagte Konrad.

»Ja«, sagte Sanna, und klammerte sich an ihn an.

Sie schlugen von dem Eise eine Richtung durch

den Schnee abwärts ein, die sie in das Tal führen sollte. Aber sie kamen nicht weit hinab. Ein neuer Strom von Eis, gleichsam ein riesenhaft aufgetürmter und aufgewölbter Wall lag quer durch den weichen Schnee, und griff gleichsam mit Armen rechts und links um sie herum. Unter der weißen Decke, die ihn verhüllte, glimmerte es seitwärts grünlich und bläulich und dunkel und schwarz und selbst gelblich und rötlich heraus. Sie konnten es nun auf weitere Strecken sehen, weil das ungeheure und unermüdliche Schneien sich gemildert hatte, und nur mehr wie an gewöhnlichen Schneetagen vom Himmel fiel. Mit dem Starkmute der Unwissenheit kletterten sie in das Eis hinein, um den vorgeschobenen Strom desselben zu überschreiten, und dann jenseits weiter hinab zu kommen. Sie schoben sich in die Zwischenräume hinein, sie setzten den Fuß auf jedes Körperstück, das mit einer weißen Schneehaube versehen war, war es Fels oder Eis, sie nahmen die Hände zur Hilfe, krochen, wo sie nicht gehen konnten, und arbeiteten sich mit ihren leichten Körpern hinauf, bis sie die Seite des Walles überwunden hatten, und oben waren.

Jenseits wollten sie wieder hinabklettern.

Aber es gab kein jenseits.

So weit die Augen der Kinder reichen konnten, war lauter Eis. Es standen Spitzen und Unebenheiten und Schollen empor wie lauter furchtbares überschneites Eis. Statt ein Wall zu sein, über den man hinübergehen könnte, und der dann wieder von Schnee abgelöst würde, wie sie sich unten dachten, stiegen aus der Wölbung neue Wände von Eis empor, geborsten und geklüftet, mit unzähligen blauen geschlängelten Linien versehen, und hinter ihnen waren wieder solche Wände, und hinter diesen wieder solche, bis der Schneefall das Weitere mit seinem Grau verdeckte.

»Sanna, da können wir nicht gehen«, sagte der Knabe.

»Nein«, antwortete die Schwester.

»Da werden wir wieder umkehren, und anderswo hinab zu kommen suchen.«

»Ja Konrad.«

Die Kinder versuchten nun von dem Eiswalle wieder da hinab zu kommen, wo sie hinaufgeklettert waren, aber sie kamen nicht hinab. Es war lauter Eis, als hätten sie die Richtung, in der sie gekommen waren, verfehlt. Sie wandten sich hierhin und dorthin, und konnten aus dem Eise nicht herauskommen, als wären sie von ihm umschlungen. Sie kletterten abwärts, und kamen wieder in Eis. Endlich da der Knabe die Richtung immer verfolgte, in der sie nach seiner Meinung gekommen waren, gelangten sie in zerstreutere Trümmer, aber sie waren auch größer und furchtbarer, wie sie gerne am Rande des Eises zu sein pflegen, und die Kinder gelangten kriechend und kletternd hinaus. An dem Eisessaume waren ungeheure Steine, sie waren gehäuft, wie sie die Kinder ihr

Leben lang nicht gesehen hatten. Viele waren in Weiß gehüllt, viele zeigten die unteren schiefen Wände sehr glatt und fein geschliffen, als wären sie darauf geschoben worden, viele waren wie Hütten und Dächer gegeneinander gestellt, viele lagen aufeinander wie ungeschlachte Knollen. Nicht weit von dem Standorte der Kinder standen mehrere mit den Köpfen gegeneinander gelehnt, und über sie lagen breite gelagerte Blöcke wie ein Dach. Es war ein Häuschen, das gebildet war, das gegen vorne offen, rückwärts und an den Seiten aber geschützt war. Im Innern war es trocken, da der steilrechte Schneefall keine einzige Flocke hineingetragen hatte. Die Kinder waren recht froh, dass sie nicht mehr in dem Eise waren, und auf ihrer Erde standen.

Aber es war auch endlich finster geworden.

»Sanna«, sagte der Knabe, »wir können nicht mehr hinabgehen, weil es Nacht geworden ist, und weil wir fallen, oder gar in eine Grube geraten könnten. Wir werden da unter die Steine hineingehen, wo es so trocken und so warm ist, und da werden wir warten. Die Sonne geht bald wieder auf, dann laufen wir hinunter. Weine nicht, ich bitte dich recht schön, weine nicht, ich gebe dir alle Dinge zu essen, welche uns die Großmutter mitgegeben hat.«

Sie weinte auch nicht, sondern nachdem sie beide unter das steinerne Überdach hineingegangen waren, wo sie nicht nur bequem sitzen, sondern auch stehen, und herumgehen konnten, setzte sie sich recht dicht an ihn, und war mäuschenstille.

»Die Mutter«, sagte Konrad, »wird nicht böse sein, wir werden ihr von dem vielen Schnee erzählen, der uns aufgehalten hat, und sie wird nichts sagen; der Vater auch nicht. Wenn uns kalt wird – weißt du – dann musst du mit den Händen an deinen Leib schlagen, wie die Holzhauer getan haben, und dann wird dir wärmer werden.«

»Ja Konrad«, sagte das Mädchen.

Sanna war nicht gar so untröstlich, dass sie heute nicht mehr über den Berg hinabgingen, und nach Hause liefen, wie er etwa glauben mochte; denn die unermessliche Anstrengung, von der die Kinder nicht einmal gewusst hatten, wie groß sie gewesen sei, ließ ihnen das Sitzen süß unsäglich süß erscheinen, und sie gaben sich hin.

Jetzt machte sich aber auch der Hunger gelten. Beide nahmen fast zu gleicher Zeit ihre Brote aus den Taschen, und aßen sie. Sie aßen auch die Dinge – kleine Stückchen Kuchen Mandeln und Nüsse und andere Kleinigkeiten – die die Großmutter ihnen in die Tasche gesteckt hatte.

»Sanna, jetzt müssen wir aber auch den Schnee von unsern Kleidern tun«, sagte der Knabe, »dass wir nicht nass werden.«

»Ja, Konrad«, erwiderte Sauna.

Die Kinder gingen aus ihrem Häuschen, und zuerst reinigte Konrad das Schwesterlein von Schnee. Er nahm die Kleiderzipfel, schüttelte sie, nahm ihr den Hut ab, den er, ihr aufgesetzt hatte, entleerte ihn von Schnee, und was noch zurückgeblieben war, das stäubte er mit einem Tuche ab. Dann entledigte er auch sich, so gut es ging, des auf ihm liegenden Schnees.

Der Schneefall hatte zu dieser Stunde ganz aufgehört. Die Kinder spürten keine Flocke.

Sie gingen wieder in die Steinhütte, und setzten sich nieder. Das Aufstehen hatte ihnen ihre Müdigkeit erst recht gezeigt, und sie freuten sich auf das Sitzen. Konrad legte die Tasche aus Kalbfell ab. Er nahm das Tuch heraus, in welches die Großmutter eine Schachtel und mehrere Papierpäckchen gewickelt hatte, und tat es zu größerer Wärme um seine Schultern. Auch die zwei Weißbrote nahm er aus dem Ränzchen, und reichte sie beide an Sanna: Das Kind aß begierig. Es aß eines der Brote und von dem zweiten auch noch einen Teil. Den Rest reichte es aber Konrad, da es sah, dass er nicht aß. Er nahm es, und verzehrte es.

Von da an saßen die Kinder, und schauten.

So weit sie in der Dämmerung zu sehen vermochten, lag überall der flimmernde Schnee hinab, dessen einzelne winzige Täfelchen hie und da in der Finsternis seltsam zu funkeln begannen, als hätte er bei Tag das Licht eingesogen, und gäbe es jetzt von sich.

Die Nacht brach mit der in großen Höhen gewöhnlichen Schnelligkeit herein. Bald war es ringsherum finster, nur der Schnee fuhr fort, mit seinem bleichen Lichte zu leuchten. Der Schneefall hatte nicht nur aufgehört, sondern der Schleier an dem Himmel fing auch an, sich zu verdünnen, und zu verteilen; denn die Kinder sahen ein Sternlein blitzen. Weil der Schnee wirklich gleichsam ein Licht von sich gab, und weil von den Wolken kein Schleier mehr herabhing, so konnten die Kinder von ihrer Höhle aus die Schneehügel sehen, wie sie sich in Linien von dem dunkeln Himmel abschnitten. Weil es in der Höhle viel wärmer war, als es an jedem andern Platze im ganzen Tage gewesen war, so ruhten die Kinder enge aneinander sitzend, und vergaßen sogar die Finsternis zu fürchten. Bald vermehrten sich auch die Sterne, jetzt kam hier einer zum Vorscheine jetzt dort, bis es schien, als wäre am ganzen Himmel keine Wolke mehr.

Das war der Zeitpunkt, in welchem man in den Tälern die Lichter anzuzünden pflegt. Zuerst wird eines angezündet und auf den Tisch gestellt, um die Stube zu erleuchten, oder es brennt auch nur ein Span, oder es brennt das Feuer auf der Leuchte, und es erhellen sich alle Fenster von bewohnten Stuben, und glänzen in die Schneenacht hinaus – aber heute erst – am Heiligen Abende – da wurden viel mehrere angezündet, um die Gaben zu beleuchten, welche für die Kinder auf den Tischen lagen, oder an den Bäumen hingen, es wurden wohl unzählige angezündet; denn beinahe in jedem Hause in jeder Hütte jedem Zimmer war eines oder mehrere Kinder, denen der heilige Christ etwas gebracht hatte, und wozu man Lichter stellen musste. Der Knabe hatte geglaubt, dass man sehr bald von dem Berge hinabkommen könne, und doch, von den vielen Lichtern, die heute in dem Tale brannten, kam nicht ein einziges zu ihnen herauf; sie sahen nichts als den blassen Schnee und den dunkeln Himmel, alles andere war ihnen in die unsichtbare Ferne hinabgerückt. In allen Tälern bekamen die Kinder in dieser Stunde die Geschenke des heiligen Christ: Nur die zwei saßen oben am Rande des Eises, und die vorzüglichsten Geschenke, die sie heute hätten bekommen sollen, lagen in versiegelten Päckchen in der Kalbfelltasche im Hintergrunde der Höhle.

Die Schneewolken waren ringsum hinter die Berge hinabgesunken, und ein ganz dunkelblaues fast schwarzes Gewölbe spannte sich um die Kinder voll von dichten brennenden Sternen, und mitten durch diese Sterne war ein schimmerndes breites milchiges Band gewoben, das sie wohl auch unten im Tale aber nie so deutlich gesehen hatten. Die Nacht rückte vor. Die Kinder wussten nicht, dass die Sterne gegen Westen rücken und weiterwandeln, sonst hätten sie an ihrem Vorschreiten den Stand der Nacht erkennen können; aber es kamen neue und gingen die alten, sie aber glaubten, es seien immer dieselben. Es wurde von dem Scheine der Sterne auch lichter um die Kinder; aber sie sahen kein Tal keine Gegend, sondern überall nur Weiß – lauter Weiß. Bloß ein dunkles Horn ein dunkles Haupt ein dunkler Arm wurde sichtbar, und ragte dort und hier aus dem Schimmer empor. Der Mond war nirgends am Himmel zu erblicken, vielleicht war er schon frühe mit der Sonne untergegangen, oder er ist noch nicht erschienen.

Als eine lange Zeit vergangen war, sagte der Knabe: »Sanna, du musst nicht schlafen; denn weißt du, wie der Vater gesagt hat, wenn man im Gebirge schläft, muss man erfrieren, so wie der alte Eschenjäger auch geschlafen hat, und vier Monate tot auf dem Steine gesessen ist, ohne dass jemand gewusst hatte, wo er sei.«

»Nein, ich werde nicht schlafen«, sagte das Mädchen matt.

Konrad hatte es an dem Zipfel des Kleides geschüttelt, um, es zu jenen Worten zu erwecken.

Nun war es wieder stille.

Nach einer Zeit empfand der Knabe ein sanftes Drücken gegen seinen Arm, das immer schwerer wurde. Sanna war eingeschlafen, und war gegen ihn herübergesunken.

»Sanna, schlafe nicht, ich bitte dich, schlafe nicht«, sagte er.

»Nein«, lallte sie schlaftrunken, »ich schlafe nicht.«

Er rückte weiter von ihr, um sie in Bewegung zu bringen, allein sie sank um, und hätte auf der Erde liegend fortgeschlafen. Er nahm sie an der Schulter, und rüttelte sie. Da er sich dabei selber etwas stärker bewegte, merkte er, dass ihn friere, und dass sein Arm schwerer sei. Er erschrak, und sprang auf. Er ergriff die Schwester, schüttelte sie stärker, und sagte: »Sanna, stehe ein wenig auf, wir wollen eine Zeit stehen, dass es besser wird.«

»Mich friert nicht, Konrad«, antwortete sie.

»Ja, ja, es friert dich, Sanna, stehe auf«, rief er.

»Die Pelzjacke ist warm«, sagte sie.

»Ich werde dir emporhelfen«, sagte er.

»Nein«, erwiderte sie, und war stille.

Da fiel dem Knaben etwas anderes ein. Die Großmutter hatte gesagt: Nur ein Schlückchen wärmt den Magen so, dass es den Körper in den kältesten Wintertagen nicht frieren kann.

Er nahm das Kalbfellränzchen, öffnete es, und griff so lange, bis er das Fläschchen fand, in welchem die Großmutter der Mutter einen schwarzen Kaffeeabsud schicken wollte. Er nahm das Fläschchen heraus, tat den Verband weg, und öffnete mit Anstrengung den Kork. Dann bückte er sich zu Sanna, und sagte: »Da ist der Kaffee, den die Großmutter der Mutter schickt, koste ihn ein wenig, er wird dir warm machen. Die Mutter gibt ihn uns, wenn sie nur weiß, wozu wir ihn nötig gehabt haben.«

Das Mädchen, dessen Natur zur Ruhe zog, antwortete: »Mich friert nicht.«

»Nimm nur etwas«, sagte der Knabe, »dann darfst du schlafen.«

Diese Aussicht verlockte Sanna, sie bewältigte sich so weit, dass sie das fast eingegossene Getränk verschluckte. Hierauf trank der Knabe auch etwas.

Der ungemein starke Auszug wirkte sogleich, und zwar umso heftiger, da die Kinder in ihrem Leben keinen Kaffee gekostet hatten. Statt zu schlafen, wurde Sanna nun lebhafter, und sagte selber, dass sie friere, dass es aber von innen recht warm sei, und auch schon so in die Hände und Füße gehe. Die Kinder redeten sogar eine Weile miteinander.

So tranken sie trotz der Bitterkeit immer wieder von dem Getränke, sobald die Wirkung nachzulassen begann, und steigerten ihre unschuldigen Nerven zu einem Fieber, das imstande war, den zum Schlummer ziehenden Gewichten entgegenzuwirken.

Es war nun Mitternacht gekommen. Weil sie noch so jung waren, und an jedem Heiligen Abende in höchstem Drange der Freude stets erst sehr spät entschlummerten, wenn sie nämlich der körperliche Drang übermannt hatte, so hatten sie nie das mitternächtliche Läuten der Glocken, nie die Orgel der Kirche gehört, wenn das Fest gefeiert wurde, obwohl sie nahe an der Kirche wohnten. In diesem Augenblicke der heutigen Nacht wurde nun mit allen

Glocken geläutet, es läuteten die Glocken in Millsdorf, es läuteten die Glocken in Gschaid, und hinter dem Berge war noch ein Kirchlein mit drei hellen klingenden Glocken die läuteten. In den fernen Ländern draußen waren unzählige Kirchen und Glocken, und mit allen wurde zu dieser Zeit geläutet, von Dorf zu Dorf ging die Tonwelle, ja man konnte wohl zuweilen von einem Dorfe zum andern durch die blätterlosen Zweige das Läuten hören: nur zu den Kindern herauf kam kein Laut, hier wurde nichts vernommen; denn hier war nichts zu verkündigen. In den Talkrümmen gingen jetzt an den Berghängen die Lichter der Laternen hin, und von manchem Hofe tönte das Hausglöcklein, um die Leute zu erinnern; aber dieses konnte umso weniger herauf gesehen und gehört werden, es glänzten nur die Sterne, und sie leuchteten und funkelten ruhig fort.

Wenn auch Konrad sich das Schicksal des erfrornen Eschenjägers vor Augen hielt, wenn auch die Kinder das Fläschchen mit dem schwarzen Kaffee fast ausgeleert hatten, wodurch sie ihr Blut zu größerer Tätigkeit brachten, aber gerade dadurch eine folgende Ermattung herbeizogen: so würden sie den Schlaf nicht haben überwinden können, dessen verführende Süßigkeit alle Gründe überwiegt, wenn nicht die Natur in ihrer Größe ihnen beigestanden wäre, und in ihrem Innern eine Kraft aufgerufen hätte, welche imstande war, dem Schlafe zu widerstehen.

In der ungeheueren Stille, die herrschte, in der Stille, in der sich kein Schneespitzchen zu rühren schien, hörten die Kinder dreimal das Krachen des Eises. Was das Starrste scheint, und doch das Regsamste und Lebendigste ist, der Gletscher, hatte die Töne hervorgebracht. Dreimal hörten sie hinter sich den Schall, der entsetzlich war, als ob die Erde entzweigesprungen wäre, der sich nach allen Richtungen im Eise verbreitete, und gleichsam durch alle Aderchen des Eises lief. Die Kinder blieben mit offenen Augen sitzen, und schauten in die Sterne hinaus.

Auch für die Augen begann sich etwas zu entwickeln. Wie die Kinder so saßen, erblühte am Himmel vor ihnen ein bleiches Licht mitten unter den Sternen, und spannte einen schwachen Bogen durch dieselben. Es hatte einen grünlichen Schimmer, der sich sachte nach unten zog. Aber der Bogen wurde immer heller und heller, bis sich die Sterne vor ihm zurückzogen, und erblassten. Auch in andere Gegenden des Himmels sandte er einen Schein, der schimmergrün sachte und lebendig unter die Sterne floss. Dann standen Garben verschiedenen Lichtes auf der Höhe des Bogens wie Zacken einer Krone, und brannten. Es floss helle durch die benachbarten Himmelsgegenden, es sprühte leise, und ging in sanftem Zucken durch lange Räume. Hatte sich nun der Gewitterstoff des Himmels durch den unerhörten Schneefall so gespannt, dass er in diesen stummen herrlichen Strömen des Lichtes ausfloss, oder war es eine andere Ursache der unergründlichen Natur: Nach und nach wurde es schwächer und immer schwächer, die Garben erloschen zuerst, bis es allmählich und unmerklich immer geringer wurde, und wieder nichts am Himmel war als die tausend und tausend einfachen Sterne.

Die Kinder sagten keines zu dem andern ein Wort, sie blieben fort und fort sitzen, und schauten mit offenen Augen in den Himmel.

Es geschah nun nichts Besonderes mehr. Die Sterne glänzten, funkelten, und zitterten, nur manche schießende Schnuppe fuhr durch sie.

Endlich, nachdem die Sterne lange allein geschienen hatten, und nie ein Stückchen Mond an dem Himmel zu erblicken gewesen war, geschah etwas anderes. Es fing der Himmel an, heller zu werden, langsam heller, aber doch zu erkennen; es wurde seine Farbe sichtbar, die bleichsten Sterne erloschen, und die anderen standen nicht mehr so dicht. Endlich wichen auch die stärkeren, und der Schnee vor den Höhen wurde deutlicher sichtbar. Zuletzt färbte sich eine Himmelsgegend gelb, und ein Wolkenstreifen, der in derselben war, wurde zu einem leuchtenden Faden entzündet. Alle Dinge waren klar zu sehen, und die entfernten Schneehügel zeichneten sich scharf in die Luft.

»Sanna, der Tag bricht an«, sagte der Knabe.

»Ja, Konrad«, antwortete das Mädchen.

»Wenn es nur noch ein bisschen heller wird, dann gehen wir aus der Höhle, und laufen über den Berg hinunter.«

Es wurde heller, an dem ganzen Himmel war kein Stern mehr sichtbar, und alle Gegenstände standen in der Morgendämmerung da.

»Nun jetzt gehen wir«, sagte der Knabe.

»Ja, wir gehen«, antwortete Sanna.

Die Kinder standen auf, und versuchten ihre erst heute recht müden Glieder. Obwohl sie nichts geschlafen hatten, waren sie doch durch den Morgen gestärkt, wie das immer so ist. Der Knabe hing sich das Kalbfellränzchen um, und machte das Pelzjäckchen an Sanna fester zu. Dann führte er sie aus der Höhle.

Weil sie nach ihrer Meinung nur über den Berg hinab zu laufen hatten, dachten sie an kein Essen, und untersuchten das Ränzchen nicht, ob noch Weißbrote oder andere Esswaren darinnen seien.

Von dem Berge wollte nun Konrad, weil der Himmel ganz heiter war, in die Täler hinabschauen, um das Gschaider Tal zu erkennen, und in dasselbe hinunter zu gehen. Aber er sah gar keine Täler. Es war nicht, als ob sie sich auf einem Berge befänden, von dem man hinabsieht, sondern in einer fremden seltsamen Gegend, in der lauter unbekannte Gegenstände sind. Sie sahen heute auch in größerer Entfernung furchtbare Felsen aus dem Schnee emporstehen, die sie gestern nicht gesehen hatten, sie sahen das Eis, sie sahen Hügel und Schneelehnen emporstarren, und hinter diesen war entweder der Himmel, oder es ragte die blaue Spitze eines sehr fernen Berges am Schneerande hervor.

In diesem Augenblicke ging die Sonne auf.

Eine riesengroße blutrote Scheibe erhob sich an dem Schneesaume in den Himmel, und in dem Augenblicke errötete der Schnee um die Kinder, als wäre er mit Millionen Rosen überstreut worden. Die Kuppen und die Hörner warfen sehr lange grünliche Schatten längs des Schnees.

»Sanna, wir werden jetzt da weiter vorwärts gehen, bis wir an den Rand des Berges kommen, und hinuntersehen«, sagte der Knabe.

Sie gingen nun in den Schnee hinaus. Er war in der heiteren Nacht noch trockener geworden, und wich den Tritten noch besser aus. Sie wateten rüstig fort. Ihre Glieder wurden sogar geschmeidiger und stärker, da sie gingen. Allein sie kamen an keinen Rand, und sahen nicht hinunter. Schneefeld entwickelte sich aus Schneefeld, und am Saume eines jeden stand alle Male wieder der Himmel.

Sie gingen desohngeachtet fort.

Da kamen sie wieder in das Eis. Sie wussten nicht, wie das Eis daher gekommen sei, aber unter den Füßen empfanden sie den glatten Boden, und waren gleich nicht die fürchterlichen Trümmer, wie an jenem Rande, an dem sie die Nacht zugebracht hatten, so sahen sie doch, dass sie auf glattem Eise fortgingen, sie sahen hie und da Stücke, die immer mehr wurden, die sich näher an sie drängten, und die sie wieder zu klettern zwangen.

Aber sie verfolgten doch ihre Richtung.

Sie kletterten neuerdings an Blöcken empor. Da standen sie wieder auf dem Eisfelde. Heute bei der hellen Sonne konnten sie erst erblicken, was es ist. Es war ungeheuer groß, und jenseits standen wieder schwarze Felsen empor, es ragte gleichsam Welle hinter Welle auf, das beschneite Eis war gedrängt, gequollen, emporgehoben, gleichsam als schöbe es sich noch vorwärts, und flösse gegen die Brust der Kinder heran. In dem Weiß sahen sie unzählige vorwärts gehende geschlängelte blaue Linien. Zwischen jenen Stellen, wo die Eiskörper gleichsam wie aneinandergeschmettert starrten, gingen auch Linien wie Wege, aber sie waren weiß, und waren Streifen, wo sich fester Eisboden vorfand, oder die Stücke doch nicht gar so sehr verschoben waren. In diese Pfade gingen die Kinder hinein, weil sie doch einen Teil des Eises überschreiten wollten, um an den Bergrand zu gelangen, und endlich einmal hinunter zu sehen. Sie sagten kein Wörtlein. Das Mädchen folgte dem Knaben. Aber es war auch heute wieder Eis, lauter Eis. Wo sie hinübergelangen wollten, wurde es gleichsam immer breiter und breiter. Da schlugen sie ihre Richtung aufgebend den Rückweg ein. Wo sie nicht gehen konnten, griffen sie sich durch die Mengen des Schnees hindurch, der oft dicht vor ihrem Auge wegbrach, und den sehr blauen Streifen einer Eisspalte zeigte, wo doch früher alles weiß gewesen war; aber sie kümmerten sich nicht darum, sie arbeiteten sich fort, bis sie wieder irgendwo aus dem Eise herauskamen.

»Sanna«, sagte der Knabe, »wir werden gar nicht mehr in das Eis hineingehen, weil wir in demselben nicht fortkommen. Und weil wir schon in unser Tal gar nicht hinabsehen können, so werden wir gerade über den Berg hinabgehen. Wir müssen in ein Tal kommen, dort werden wir den Leuten sagen, dass wir aus Gschaid sind, die werden uns einen Wegweiser nach Hause mitgeben.«

»Ja, Konrad«, sagte das Mädchen.

So begannen sie nun in dem Schnee nach jener Richtung abwärts zu gehen, welche sich ihnen eben darbot. Der Knabe führte das Mädchen an der Hand. Allein nachdem sie eine Weile abwärts gegangen waren, hörte in dieser Richtung das Gehänge auf, und der Schnee stieg wieder empor. Also änderten die Kinder die Richtung, und gingen nach der Länge einer Mulde hinab. Aber da fanden sie wieder Eis. Sie stiegen also an der Seite der Mulde empor, um nach einer andern Richtung ein Abwärts zu suchen. Es führte sie eine Fläche hinab, allein die wurde nach und nach so steil, dass sie kaum noch einen Fuß einsetzen konnten, und abwärts zu gleiten fürchteten. Sie klommen also wieder empor, um wieder einen andern Weg nach abwärts zu suchen. Nachdem sie lange im Schnee emporgeklommen, und dann auf einem ebenen Rücken fortgelaufen waren, war es wie früher: entweder ging der Schnee so steil ab, dass sie gestürzt wären, oder er stieg wieder hinan, dass sie auf den Berggipfel zu kommen fürchteten. Und so ging es immer fort.

Da wollten sie die Richtung suchen, in der sie gekommen waren, und zur roten Unglücksäule hinabgehen. Weil es nicht schneit, und der Himmel so helle ist, so würden sie, dachte der Knabe, die Stelle schon erkennen, wo die Säule sein solle, und würden von dort nach Gschaid hinabgehen können.

Der Knabe sagte diesen Gedanken dem Schwesterchen, und diese folgte.

Allein auch der Weg auf den Hals hinab war nicht zu finden.

So klar die Sonne schien, so schön die Schneehöhen dastanden, und die Schneefelder dalagen, so konnten sie doch die Gegenden nicht erkennen, durch die sie gestern heraufgegangen waren. Gestern war alles durch den fürchterlichen Schneefall verhängt gewesen, dass sie kaum einige Schritte von sich gesehen hatten, und da war alles ein einziges Weiß und Grau durcheinander gewesen. Nur die Felsen hatten sie gesehen, an denen und zwischen denen sie gegangen waren: allein auch heute hatten sie bereits viele Felsen gesehen, die alle den nämlichen Anschein gehabt hatten, wie die gestern gesehenen. Heute ließen sie frische Spuren in dem Schnee zurück; aber gestern sind alle Spuren von dem fallenden Schnee verdeckt worden. Auch aus dem bloßen Anblicke konnten sie nicht erraten, welche Gegend auf den Hals führe, da alle Gegenden gleich waren. Schnee lauter Schnee. Sie gingen aber doch immer fort, und meinten, es zu erringen. Sie wichen den steilen Abstürzen aus, und kletterten keine steilen Anhöhen hinauf.

Auch heute blieben sie öfter stehen, um zu horchen; aber sie vernahmen auch heute nichts, nicht den geringsten Laut. Zu sehen war auch nichts als der Schnee, der helle weiße Schnee, aus dem hie und da die schwarzen Hörner und die schwarzen Steinrippen emporstanden.

Endlich war es dem Knaben, als sähe er auf einem fernen schiefen Schneefelde ein hüpfendes Feuer. Es tauchte auf, es tauchte nieder. Jetzt sahen sie es, jetzt sahen sie es nicht. Sie blieben stehen, und blickten unverwandt auf jene Gegend hin. Das Feuer hüpfte immer fort, und es schien, als ob es näher käme; denn sie sahen es größer und sahen das Hüpfen deutlicher. Es verschwand nicht mehr so oft und nicht mehr auf so lange Zeit wie früher. Nach einer Weile vernahmen sie in der stillen blauen Luft schwach sehr schwach etwas wie einen lange anhaltenden Ton aus einem Hirtenhorne. Wie aus Instinkt schrieen beide Kinder laut. Nach einer Zeit hörten sie den Ton wieder. Sie schrieen wieder, und blieben auf der nämlichen Stelle stehen. Das Feuer näherte sich auch. Der Ton wurde zum dritten Male vernommen, und dieses Mal deutlicher. Die Kinder antworteten wieder durch lautes Schreien. Nach einer geraumen Weile erkannten sie auch das Feuer. Es war kein Feuer, es war eine rote Fahne, die geschwungen wurde. Zugleich ertönte das Hirtenhorn näher, und die Kinder antworteten.

»Sanna«, rief der Knabe, »da kommen Leute aus Gschaid, ich kenne die Fahne, es ist die rote Fahne, welche der fremde Herr, der mit dem jungen Eschenjäger den Gars bestiegen hatte, auf dem Gipfel aufpflanzte, dass sie der Herr Pfarrer mit dem Fernrohre sähe, was als Zeichen gälte, dass sie oben seien, und welche Fahne damals der fremde Herr dem Herrn Pfarrer geschenkt hat. Du warst noch ein recht kleines Kind.«

»Ja, Konrad.«

Nach einer Zeit sahen die Kinder auch die Menschen, die bei der Fahne waren, kleine schwarze Stellen, die sich zu bewegen schienen. Der Ruf des Hornes wiederholte sich von Zeit zu Zeit, und kam immer näher. Die Kinder antworteten jedes Mal.

Endlich sahen sie über den Schneeabhang gegen

sich her mehrere Männer mit ihren Stöcken herabfahren, die die Fahne in ihrer Mitte hatten. Da sie näher kamen, erkannten sie dieselben. Es war der Hirt Philipp mit dem Horne, seine zwei Söhne, dann der junge Eschenjäger, und mehrere Bewohner von Gschaid.

»Gebenedeit sei Gott«, schrie Philipp, »da seid ihr ja. Der ganze Berg ist voll Leute. Laufe doch einer gleich in die Sideralpe hinab, und läute die Glocke, dass die dort hören, dass wir sie gefunden haben, und einer muss auf den Krebsstein gehen, und die Fahne dort aufpflanzen, dass sie dieselbe in dem Tale sehen, und die Pöller abschießen, damit die es wissen, die im Millsdorfer Walde suchen, und damit sie in Gschaid die Rauchfeuer anzünden, die in der Luft gesehen werden, und alle, die noch auf dem Berge sind, in die Sideralpe hinab bedeuten. Das sind Weihnachten!«

»Ich laufe in die Alpe hinab«, sagte einer.

»Ich trage die Fahne auf den Krebsstein«, sagte ein anderer.

»Und wir werden die Kinder in die Sideralpe hinabbringen, so gut wir es vermögen, und so gut uns Gott helfe«, sagte Philipp.

Ein Sohn Philipps schlug den Weg nach abwärts ein, und der andere ging mit der Fahne durch den Schnee dahin.

Der Eschenjäger nahm das Mädchen bei der Hand, der Hirt Philipp den Knaben. Die andern halfen, wie sie konnten. So begann man den Weg. Er ging in Windungen. Bald gingen sie nach einer Richtung, bald schlugen sie die entgegengesetzte ein, bald gingen sie abwärts bald aufwärts. Immer ging es durch Schnee, immer durch Schnee, und die Gegend blieb sich beständig gleich. Über sehr schiefe Flächen taten sie Steigeisen an die Füße, und trugen die Kinder. Endlich nach langer Zeit hörten sie ein Glöcklein, das sanft und fein zu ihnen heraufkam, und das erste Zeichen war, das ihnen die niederen Gegenden wieder zusandten. Sie mussten wirklich sehr tief herab gekommen sein; denn sie sahen ein Schneehaupt recht hoch und recht blau über sich ragen. Das Glöcklein aber, das sie hörten, war das der Sideralpe, das geläutet wurde, weil dort die Zusammenkunft verabredet war. Da sie noch weiterkamen, hörten sie auch schwach in die stille Luft die Pöllerschüsse herauf, die infolge der ausgesteckten Fahne abgefeuert wurden, und sahen dann in die Luft feine Rauchsäulen aufsteigen.

Da sie nach einer Weile über eine sanfte schiefe Fläche abgingen, erblickten sie die Sideralphütte. Sie gingen auf sie zu. In der Hütte brannte ein Feuer, die Mutter der Kinder war da, und mit einem furchtbaren Schrei sank sie in den Schnee zurück, als sie die Kinder mit dem Eschenjäger kommen sah.

Dann lief sie herzu, betrachtete sie überall, wollte ihnen zu essen geben, wollte sie wärmen, wollte sie in vorhandenes Heu legen; aber bald überzeugte sie sich, dass die Kinder durch die Freude stärker seien, als sie gedacht hatte, dass sie nur einiger warmer Speise bedurften, die sie bekamen, und dass sie nur ein wenig ausruhen mussten, was ihnen ebenfalls zuteil werden sollte.

Da nach einer Zeit der Ruhe wieder eine Gruppe Männer über die Schneefläche herabkam, während das Hüttenglöcklein immer fortläutete, liefen die Kinder selber mit den andern hinaus, um zu sehen, wer es sei. Der Schuster war es, der einstige Alpensteiger, mit Alpenstock und Steigeisen, begleitet von seinen Freunden und Kameraden.

»Sebastian, da sind sie«, schrie das Weib.

Er aber war stumm, zitterte, und lief auf sie zu. Dann rührte er die Lippen, als wollte er etwas sagen, sagte aber nichts, riss die Kinder an sich, und hielt sie lange. Dann wandte er sich gegen sein Weib, schloss es an sich, und rief: »Sanna, Sanna!«

Nach einer Weile nahm er den Hut, der ihm in den Schnee gefallen war, auf, trat unter die Männer, und wollte reden. Er sagte aber nur: »Nachbarn, Freunde, ich danke euch.«

Da man noch gewartet hatte, bis die Kinder sich zur Beruhigung erholt hatten, sagte er: »Wenn wir alle beisammen sind, so können wir in Gottes Namen aufbrechen.«

»Es sind wohl noch nicht alle«, sagte der Hirt Philipp, »aber die noch abgehen, wissen aus dem Rauche, dass wir die Kinder haben, und sie werden schon nach Hause gehen, wenn sie die Alphütte leer finden.«

Man machte sich zum Aufbruche bereit.

Man war auf der Sideralphütte nicht gar weit von Gschaid entfernt, aus dessen Fenstern man im Sommer recht gut die grüne Matte sehen konnte, auf der die graue Hütte mit dem kleinen Glockentürmlein stand; aber es war unterhalb eine fallrechte Wand, die viele Klaftern hoch hinabging, und auf der man im Sommer nur mit Steigeisen im Winter gar nicht hinabkommen konnte. Man musste daher den Umweg zum Halse machen, um von der Unglücksäule aus nach Gschaid hinab zu kommen. Auf dem Wege gelangte man über die Siderwiese, die noch näher an Gschaid ist, sodass man die Fenster des Dörfleins zu erblicken meinte.

Als man über diese Wiese ging, tönte hell und deutlich das Glöcklein der Gschaider Kirche herauf, die Wandlung des heiligen Hochamtes verkündend.

Der Pfarrer hatte wegen der allgemeinen Bewegung, die am Morgen in Gschaid war, die Abhaltung des Hochamtes verschoben, da er dachte, dass die Kinder zum Vorscheine kommen würden. Allein endlich, da noch immer keine Nachricht eintraf, musste die heilige Handlung doch vollzogen werden.

Als das Wandlungsglöcklein tönte, sanken alle, die über die Siderwiese gingen, auf die Knie in den Schnee, und beteten. Als der Klang des Glöckleins aus war, standen sie auf und gingen weiter.

Der Schuster trug meistens das Mädchen, und ließ sich von ihm alles erzählen.

Als sie schon gegen den Wald des Halses kamen, trafen sie Spuren, von denen der Schuster sagte: »Das sind keine Fußstapfen von Schuhen meiner Arbeit.«

Die Sache klärte sich bald auf. Wahrscheinlich durch die vielen Stimmen, die auf dem Platze tönten, angelockt, kam wieder eine Abteilung Männer auf die Herabgehenden zu. Es war der aus Angst aschenhaft entfärbte Färber, der an der Spitze seiner Knechte seiner Gesellen und mehrerer Millsdorfer bergab kam.

»Sie sind über das Gletschereis und über die Schründe gegangen, ohne es zu wissen«, rief der Schuster seinem Schwiegervater zu.

»Da sind sie ja – da sind sie ja – Gott sei Dank«, antwortete der Färber, »ich weiß es schon, dass sie oben waren, als dein Bote in der Nacht zu uns kam, und wir mit Lichtern den ganzen Wald durchsucht und nichts gefunden hatten – und als dann das Morgengrau anbrach, bemerkte ich an dem Wege, der von der roten Unglücksäule links gegen den Schneeberg hinanführt, dass dort, wo man eben von der Säule weggeht, hin und wieder mehrere Reiserchen und Rütchen geknickt sind, wie Kinder gerne tun, wo sie eines Weges gehen – da wusste ich es – die Richtung ließ sie nicht mehr aus, weil sie in der Höhlung gingen, weil sie zwischen den Felsen gingen, und weil sie dann auf dem Grat gingen, der rechts und links so steil ist, dass sie nicht hinabkommen konnten. Sie mussten hinauf. Ich schickte nach dieser Beobachtung gleich nach Gschaid, aber der Holzknecht Michael, der hinüberging, sagte bei der Rückkunft, da er uns fast am Eise oben traf, dass ihr sie schon habet, weshalb wir wieder heruntergingen.«

»Ja«, sagte Michael, »ich habe es gesagt, weil die rote Fahne schon auf dem Krebssteine steckt, und die Gschaider dieses als Zeichen erkannten, das verabredet worden war. Ich sagte euch, dass auf diesem Wege da alle herabkommen müssen, weil man über die Wand nicht gehen kann.«

»Und kniee nieder, und danke Gott auf den Knieen, mein Schwiegersohn«, fuhr der Färber fort, »dass kein Wind gegangen ist. Hundert Jahre werden wieder vergehen, dass ein so wunderbarer Schneefall niederfällt, und dass er gerade niederfällt, wie nasse Schnüre von einer Stange hängen. Wäre ein Wind gegangen, so wären die Kinder verloren gewesen.«

»Ja, danken wir Gott, danken wir Gott«, sagte der Schuster.

Der Färber, der seit der Ehe seiner Tochter nie in Gschaid gewesen war, beschloss, die Leute nach Gschaid zu begleiten.

Da man schon gegen die rote Unglücksäule zu kam, wo der Holzweg begann, wartete ein Schlitten, den der Schuster auf alle Fälle dahin bestellt hatte. Man tat die Mutter und die Kinder hinein, versah sie hinreichend mit Decken und Pelzen, die im Schlitten waren, und ließ sie nach Gschaid vorausfahren.

Die andern folgten, und kamen am Nachmittage in Gschaid an.

Die, welche noch auf dem Berge gewesen waren, und erst durch den Rauch das Rückzugszeichen erfahren hatten, fanden sich auch nach und nach ein. Der Letzte, welcher erst am Abende kam, war der Sohn des Hirten Philipp, der die rote Fahne auf den Krebsstein getragen, und sie dort aufgepflanzt hatte.

In Gschaid wartete die Großmutter, welche herübergefahren war.

»Nie nie«, rief sie aus, »dürfen die Kinder in ihrem ganzen Leben mehr im Winter über den Hals gehen.«

Die Kinder waren von dem Getriebe betäubt. Sie hatten noch etwas zu essen bekommen, und man hatte sie in das Bett gebracht. Spät gegen Abend, da sie sich ein wenig erholt hatten, da einige Nachbarn und Freunde sich in der Stube eingefunden hatten, und dort von dem Ereignisse redeten, die Mutter aber in der Kammer an dem Bettchen Sannas saß, und sie streichelte, sagte das Mädchen: »Mutter, ich habe heute nachts, als wir auf dem Berge saßen, den heiligen Christ gesehen.«

»O du mein geduldiges, du mein liebes, du mein herziges Kind«, antwortete die Mutter, »er hat dir auch Gaben gesendet, die du bald bekommen wirst.«

Die Schachteln waren ausgepackt worden, die Lichter waren angezündet, die Tür in die Stube wurde geöffnet, und die Kinder sahen von dem Bette auf den verspäteten hell leuchtenden freundlichen Christbaum hinaus. Trotz der Erschöpfung musste man sie noch ein wenig ankleiden, dass sie hinausgingen, die Gaben empfingen, bewunderten, und endlich mit ihnen entschliefen.

In dem Wirtshause in Gschaid war es an diesem Abende lebhafter als je. Alle, die nicht in der Kirche gewesen waren, waren jetzt dort, und die andern auch. Jeder erzählte, was er gesehen und gehört, was er getan, was er geraten, und was für Begegnisse und Gefahren er erlebt hat. Besonders aber wurde hervorgehoben, wie man alles hätte anders und besser machen können.

Das Ereignis hat einen Abschnitt in die Geschichte von Gschaid gebracht, es hat auf lange den Stoff zu Gesprächen gegeben, und man wird noch nach Jahren davon reden, wenn man den Berg an heitern Tagen besonders deutlich sieht, oder wenn man den Fremden von seinen Merkwürdigkeiten erzählt.

Die Kinder waren von dem Tage an erst recht das Eigentum des Dorfes geworden, sie wurden von nun an nicht mehr als Auswärtige sondern als Eingeborne betrachtet, die man sich von dem Berge herabgeholt hatte.

Auch ihre Mutter Sanna war nun eine Eingeborne von Gschaid.

Die Kinder aber werden den Berg nicht vergessen, und werden ihn jetzt noch ernster betrachten, wenn sie in dem Garten sind, wenn wie in der Vergangenheit die Sonne sehr schön scheint, der Lindenbaum duftet, die Bienen summen, und er so schön und so blau wie das sanfte Firmament auf sie herniederschaut.